Simone de Beauvoir
A MULHER DESILUDIDA

TRADUÇÃO *Helena Silveira e Maryan A. Bon Barbosa*

PREFÁCIO *Andréa Pachá*

8ª EDIÇÃO

EDITORA
NOVA
FRONTEIRA

Título original: *La Femme rompue*

© Éditions Gallimard 1967

Direitos de edição da obra em língua portuguesa no Brasil adquiridos pela EDITORA NOVA FRONTEIRA PARTICIPAÇÕES S.A. Todos os direitos reservados. Nenhuma parte desta obra pode ser apropriada e estocada em sistema de banco de dados ou processo similar, em qualquer forma ou meio, seja eletrônico, de fotocópia, gravação etc., sem a permissão do detentor do copirraite.

EDITORA NOVA FRONTEIRA PARTICIPAÇÕES S.A.
Av. Rio Branco, 115 — Salas 1201 a 1205 — Centro —
20040-004 Rio de Janeiro — RJ — Brasil
Tel.: (21) 3882-8200

Imagem de capa: Amedeo Modigliani
Elvira Resting at a Table (Elvira descansando em uma mesa), 1919, Óleo sobre tela
Saint Louis Art Museum
Public domain - Wikimedia Commons

Tradução de "A idade da discrição" e "A mulher desiludida" por Helena Silveira; e tradução de "Monólogo" por Maryan A. Bon Barbosa.

CIP-Brasil. Catalogação na publicação
Sindicato Nacional dos Editores de Livros, RJ

B352m
8. ed.
    Beauvoir, Simone de, 1908-1986
        A mulher desiludida / Simone de Beauvoir; tradução Helena Silveira, Maryan A. Bon Barbosa; prefácio Andréa Pachá. - 8. ed. - Rio de Janeiro: Nova Fronteira, 2021. (Clássicos de Ouro)
        176p.

    Tradução de: La Femme rompue
    ISBN 978-65-5640-021-1

    1. Ficção francesa. I. Silveira, Helena. II. Barbosa, Maryan A. Bon. III. Pachá, Andréa. IV. Série.

19-57862　　　　　　　　CDD: 843
　　　　　　　　　　　　CDU: 82-3(44)

Leandra Felix da Cruz - Bibliotecária - CRB-7/6135

Sumário

Prefácio 7
A idade da discrição 11
Monólogo 63
A mulher desiludida 85

Prefácio

É na velhice que os fantasmas do arrependimento e da culpa costumam aparecer com mais frequência. Quando se chega a um tempo no qual o que ainda falta viver é muito menos do que o que já se viveu, o passado, as memórias e as escolhas que não foram feitas invadem o presente e exigem uma injusta prestação de contas para a qual dificilmente nos preparamos.

Se o fenômeno parece perverso para qualquer ser humano, muito mais intenso o momento é para as mulheres, que envelhecem em sociedades estruturalmente machistas e patriarcais, representando papéis que lhes foram destinados. A inevitável constatação vem da boca de uma personagem:

"Não sei mais nada. Não somente quem sou, mas como deveria ser. O preto e o branco se confundem, o mundo é um amálgama, e eu não tenho mais contorno."

É ela quem nos deixa a questão essencial:

"Como viver sem acreditar em nada, nem em mim mesma?"

Simone de Beauvoir, em 1967, escolhe três mulheres para falar da angústia do envelhecimento. Poderia ser qualquer outro ano. Poderiam ser três milhões de mulheres. A repetição das histórias e das memórias nos remete à ancestralidade da nossa condição de gênero. Tornar-se mulher não é para fracos, nem para jovens. É um compromisso permanente, que nos acompanha até o fim da existência.

O título original, *La femme rompue,* poderia ser traduzido como "A mulher destruída", mas felizmente a escolha foi *A mulher desiludida,* o que revela, de forma escancarada, a essência da obra. Só quando se perde a ilusão é possível enxergar, sem véus, a precária e provisória condição humana que nos faz instáveis e condenados à degradação. "Ver o mundo transformar-se é, ao mesmo tempo, milagroso e desolador." É desse lugar pedestre e cotidiano que conheceremos, por meio dessas três mulheres, os assombros que chegam pela ação do tempo e pela inércia dos projetos idealizados e não realizados, que se amontoam nas prateleiras de tudo o que poderia ter sido.

"A idade da discrição" fala de uma intelectual dedicada às causas revolucionárias que se percebe descartável quando confrontada com as escolhas do filho, profundamente diferentes e distantes das que idealizara. Em momento de decadência do corpo e insegura quanto à capacidade profissional e criativa, questiona o sentido da própria existência e demonstra inconformismo diante da acomodação do companheiro.

Em "Monólogo", a mulher adoecida pelos fracassos emocionais e pelo luto da perda da filha transita solitária e decepcionada, em um texto sem vírgulas e sem concessões.

O último conto dá o nome ao livro, e "A mulher desiludida" vem na forma do diário. Monique tem a revelação fulminante de que o tempo passa. Ela, que teve por ambição distribuir felicidade a sua volta, se vê privada do amor do marido e das filhas. Refletindo sobre o abandono, questiona a própria trajetória e o papel da mulher na família e na sociedade.

Meu primeiro contato com este livro aconteceu ainda na faculdade. Tinha pouco mais de vinte anos e não conseguia compreender a intensidade da solidão e as dificuldades de tornar-se mulher na vida pública e na vida privada. Aliás, na década de 1980, em ambiente de Guerra Fria no mundo e do fim da ditadura no Brasil, o feminismo, embora fosse uma pauta urgente, não ocupava o protagonismo político que hoje ocupa.

Reler os mesmos contos, aos 55 anos de idade, ainda que em contexto social distinto da época em que foram escritos, não só me comoveu profundamente como deu a dimensão de que, apesar da passagem do tempo, experimentamos as mesmas angústias, os mesmos sentimentos de inadequação e perplexidade diante do fim iminente. O envelhecimento das mulheres é ainda um tabu, especialmente em uma sociedade que incensa a juventude e nega a morte. Especialmente em uma sociedade que continua atribuindo às mulheres papéis de cuidadoras e responsáveis pelos idealizados equilíbrios emocionais familiares. Não são poucas as que, na última quadra da vida, se ressentem de não terem protagonizado a própria existência.

Com ou contra a nossa autorização, no entanto, o tempo age, as rugas aparecem e os questionamentos dos nossos papéis e representações nos invadem sem pedir licença ou autorização. Felizmente temos Simone de Beauvoir, que, com esse espelho íntegro, nos faz enxergar, despidas da ilusão que leva ao engano e da incompreensão do sentido das coisas, a importância da afirmação do feminismo até o fim da vida.

Andréa Pachá
Juíza e escritora

A idade da discrição

Meu relógio parou? Não. Mas os ponteiros parecem não se mover. Não olhar para eles. Pensar em outra coisa, em qualquer coisa: nesse dia que passou, tranquilo e rotineiro apesar da agitação da espera.

Enternecimento do acordar. André estava encolhido na cama, olhos vendados, a mão apoiada na parede num gesto infantil, como se no desamparo do sono tivesse precisado provar a solidez do mundo. Sentei-me na beira da cama, pus a mão em seu ombro. Tirou a venda dos olhos, um sorriso desenhou-se em seu rosto espantado.

— São oito horas!

Coloquei na biblioteca a bandeja do café da manhã. Peguei um livro recebido na véspera e já folheado pela metade. Enjoadas todas essas lenga-lengas sobre a não comunicação! Bem ou mal conseguimos nos comunicar, se assim queremos. Não com todo mundo, é claro, mas com duas ou três pessoas. Às vezes, acontece-me não falar com André sobre estados de ânimo, pequenas preocupações, tristezas. Talvez ele também tenha seus segredinhos, mas *grosso modo* não escondemos nada um do outro. Enchi as xícaras com chá-da-china bem quente, bem escuro. Bebemos enquanto percorríamos a correspondência, o sol de julho adentrava o aposento inteiro. Quantas vezes ficamos sentados junto à mesinha, um de frente para o outro e diante de xícaras de chá bem escuro e bem quente? Será assim amanhã, daqui a um ano, daqui a dez anos... Esse instante tinha a doçura de uma lembrança e a alegria de uma promessa. Teríamos trinta ou sessenta anos? Os cabelos de André branquearam cedo; antigamente, aquilo parecia vaidade de sua parte: a neve realçando o frescor moreno de sua tez. É ainda vaidade. A pele endureceu e rachou, gretada como couro velho, mas o sorriso da boca e dos olhos guardou sua luz. Apesar dos desmentidos do álbum de fotografias, sua jovem figura se curva ante seu rosto de hoje: meu olhar não lhe reconhece idade. Uma longa vida com risos, lágrimas, raivas, abraços, confissões, silêncios, impulsos, e parece, às vezes, que o tempo não passou. O futuro se estende ainda ao infinito. Levantou-se:

— Bom trabalho! — disse-me.

— Para você também: bom trabalho.

Não respondeu. Nesse tipo de pesquisa, inevitavelmente, existem períodos em que se fica estagnado; ele se resigna a essa situação com menos facilidade que outrora.

Abri a janela. Paris cheirava a asfalto e a tempestade, esmagada pelo calor pesado do verão. Segui André com os olhos. É, talvez, nesses instantes em que o vejo distanciar-se que ele existe para mim com a mais perturbadora evidência: a silhueta alta diminui, desenhando a cada passo o caminho de sua volta; ela desaparece, a rua parece vazia, mas, na verdade, é um campo imantado que o reconduzirá a mim como a seu lugar natural. Essa certeza me comove ainda mais que sua presença.

Fiquei bastante tempo na varanda. De meu sexto andar descubro um grande trecho de Paris, o voo dos pombos sobre os tetos de ardósia, e esses falsos vasos de flores que são as chaminés. Vermelhas ou amarelas, as gruas: cinco, nove, dez. Conto dez, barram o céu com seus braços de ferro. À direita, meu olhar esbarra em uma alta muralha crivada de pequeninos buracos: um edifício novo. Vejo também torres, arranha-céus construídos recentemente. Desde quando o terreno baldio do bulevar Edgar-Quinet se tornou estacionamento? A modernidade da paisagem me salta aos olhos, todavia não me lembro de tê-la visto de outra forma. Gostaria de contemplar lado a lado os dois cenários: antes e depois, e me espantar com a diferença. Mas não. O mundo se constrói sob meus olhos num eterno presente. Habituo-me tão depressa aos seus aspectos que ele não parece mudar.

Em minha mesa, os fichários, o papel branco me convidam ao trabalho, mas as palavras que dançam em minha cabeça me impedem a concentração: "Philippe estará aqui esta noite." Quase um mês de ausência. Entrei em seu quarto, onde se espalham ainda livros, papéis, um velho pulôver cinza, um pijama roxo — esse quarto que não me decido a reformar porque não tenho tempo nem dinheiro, porque não quero acreditar que Philippe não é mais meu. Voltei para a biblioteca perfumada por um ramo de rosas frescas e ingênuas como alfaces. Espantei-me por este apartamento jamais ter me parecido deserto. Nada lhe faltava. Acariciei com o olhar as cores ácidas e ternas das almofadas espalhadas nos sofás. As bonecas polonesas, os salteadores eslovenos, os galos portugueses ocupavam, ajuizadamente, seus lugares. "Philippe estará aqui..." Fiquei desamparada. Pode-se chorar de tristeza, mas não é fácil conjurar a impaciência da alegria.

Decidi ir respirar o perfume do verão. Um negro alto, vestido com uma capa azul-royal e um chapéu de feltro cinza, varria calmamente a calçada; antes era um argelino cor de terra. No bulevar Quinet, misturei-me à confusão das mulheres. Como não saio quase nunca de manhã, a feira pareceu-me exótica (tantos mercados, já cedo, sob tantos céus!). Uma velhinha ia mancando de uma banca a outra, os cabelos muito puxados para trás, apertando a alça de sua sacola vazia. Antigamente, eu não me incomodava com os velhos, tomava-os por mortos cujas pernas ainda se mexiam. Agora, eu os vejo: homens e mulheres apenas um pouco mais velhos do que eu. Prestei atenção àquela no dia em que, no açougue, pediu restos de carne para seus gatos. "Para seus gatos!", disse o açougueiro quando a velha saiu. "Ela não tem gatos. Vai é preparar um ensopado para si mesma!" O açougueiro achava graça disso. Daqui a pouco ela recolherá detritos sob as bancas, antes que o negro alto varra tudo para o lixo. Sobreviver com oitenta francos por mês! Mais de um milhão deles se encontram nessa situação, e mais três milhões são um pouco menos desvalidos.

Comprei flores, frutos, caminhei a esmo. Ser aposentado e ser um traste parece quase a mesma coisa. A palavra me congelava. Amedrontava-me a extensão de meus lazeres. Estava errada. O tempo, às vezes, parece custar a passar, mas eu me arranjo. E que prazer viver sem obedecer às ordens, sem constrangimento! Há ocasiões em que me assombro. Lembro-me de meu primeiro posto, de minha primeira turma, das folhas mortas que rangiam sob meus passos no outono provinciano. Então, o dia da aposentadoria — distante de mim um lapso de tempo duas vezes mais longo, ou quase, que minha vida anterior — me parecia tão irreal quanto a própria morte. E eis que há um ano ele chegou. Ultrapassei outras barreiras, porém mais fluidas. Esta tem a rigidez de uma cortina de aço.

Voltei e me sentei à minha mesa: sem trabalho, mesmo esta alegre manhã me pareceria insípida. Lá pela uma da tarde parei e fui pôr a mesa na cozinha: igualzinha à cozinha de minha avó em Milly — gostaria de rever Milly —, com sua mesa de antiquário, seus bancos, suas panelas de cobre, seu teto com vigas aparentes. Só que há um fogão a gás em lugar do grande fogão a lenha, e há uma geladeira. (Em que ano apareceram as primeiras geladeiras na França? Comprei a minha há dez anos, mas já era um artigo comum. Quando? Antes da guerra? Logo depois? Eis aí uma das coisas de que não me lembro.)

André chegou tarde. Tinha me avisado que, ao sair do laboratório, participaria de uma reunião sobre a *force de frappe*.[1] Perguntei:
— Foi tudo bem?
— Acertamos um novo manifesto. Mas não tenho ilusões. Não terá mais repercussão do que os outros. Os franceses estão pouco ligando. Para a *force de frappe*, para a bomba atômica, para tudo em geral. Às vezes me dá vontade de cair fora, ir para Cuba ou para o Mali. Positivamente, eu sonho. Lá, talvez pudéssemos ser úteis.
— Você não poderia mais trabalhar.
— Não seria uma grande desgraça.
Coloquei sobre a mesa a salada, o presunto, o queijo, as frutas.
— Está assim tão desanimado? Não é a primeira vez que não contornam os acontecimentos...
— Não.
— Então?
— Você não quer entender.
Com frequência, ele repete que, hoje em dia, todas as ideias novas vêm de seus colaboradores, que está muito velho para inventar. Não acredito.
— Ah, sei o que você está pensando — disse eu. — Mas não acredito.
— Mas deveria. Minha última descoberta foi há 15 anos.
Quinze anos. Nenhum período estéril atravessado por ele durou tanto tempo. Mas no ponto a que chegou, sem dúvida, tem necessidade de uma pausa para encontrar nova inspiração. Penso nos versos de Valéry:

Chaque atome de silence
Est la chance d'un fruit mûr[2]

Dessa lenta gestação, vão nascer frutos inesperados. Não terminou a aventura da qual participei apaixonadamente: a dúvida, os reveses, o aborrecimento por demoras, atrasos, seguidos de uma luz entrevista, uma esperança, uma hipótese confirmada. Depois de semanas e de meses de ansiosa paciência, a embriaguez do êxito. Não compreendia muito bem os trabalhos de André, mas minha confiança teimosa fortalecia a sua. Ela permanece intata. Por que não consigo mais comunicá-la a

---

[1] Política desenvolvida a partir dos anos 1950, pelo governo francês, para desenvolvimento de um programa nuclear em nome da soberania nacional. (N.E.)
[2] "Cada átomo de silêncio/ É oportuno ao fruto maduro" (em tradução livre). (N.T.)

André? Recuso-me a crer que nunca mais verei brilhar em seus olhos a alegria febril da descoberta.

Eu disse:

— Nada prova que você não terá uma segunda inspiração.

— Na minha idade, temos hábitos que freiam a invenção. Cada ano que passa fico mais ignorante.

— Voltaremos a tocar no assunto daqui a dez anos. Aos setenta anos, talvez, você fará a sua maior descoberta.

— Você é muito otimista! Garanto-lhe que não.

— E você é muito pessimista!

Rimos. Entretanto, não há razão para riso. O derrotismo de André não tem fundamento, dessa feita ele carece de rigor. Sim, Freud escreveu em uma de suas cartas que numa certa idade não se inventa mais nada, e isso é desolador. Mas ele era, então, muito mais velho que André. Não importa. Mesmo que injustificada, essa melancolia não me entristece menos. Se André se entrega é porque, de modo geral, ele está passando por uma crise. Surpreendo-me, mas o fato é que ele não aceita ter passado dos sessenta anos. A mim, mil coisas ainda me divertem, a ele não. Antigamente, ele se interessava por tudo, agora é um problema levá-lo ao cinema, a uma exposição, à casa de amigos.

— Que pena que você não gosta mais de passear — disse-lhe. — Os dias estão tão bonitos! Pensava há pouco que gostaria muito de voltar a Milly e à floresta de Fontainebleau.

— Você é surpreendente — disse-me sorrindo. — Conhece a Europa inteira e deseja rever os arrabaldes de Paris!

— Por que não? A igreja de Champeaux não é menos bela porque subi à Acrópole.

— Pois seja. Assim que o laboratório fechar, daqui a quatro ou cinco dias, eu lhe prometo um longo passeio de carro.

Teremos tempo de fazer mais de um, pois vamos ficar em Paris até o início de agosto. Mas será que ele terá vontade?

Perguntei:

— Amanhã é domingo. Você não está livre?

— Não, infelizmente! Você bem sabe que há aquela coletiva de imprensa sobre o *apartheid*. Eles me trouxeram uma porção de documentos que ainda não examinei.

Prisioneiros políticos espanhóis, portugueses detidos, iranianos perseguidos, rebeldes congoleses, guerrilheiros venezuelanos, peruanos, colombianos, ele está sempre pronto a ajudá-los na medida de suas forças. Reuniões, manifestos, comícios, tratados, delegações, nada ele recusa.

— Você se dá demais!

— Por que demais? Que mais posso fazer?

O que fazer quando o mundo se descoloriu? Só resta matar o tempo. Eu também atravessei um mau período há dez anos. Estava descontente com meu corpo, Philippe tornara-se adulto. Após o sucesso de meu livro sobre Rousseau, sentia-me vazia. Envelhecer me angustiava. Então iniciei um estudo sobre Montesquieu, consegui que Philippe fizesse seus exames e começasse sua tese. Confiaram-me cursos na Sorbonne que me interessaram mais que meus problemas. Resignei-me com meu corpo. Pareceu-me que ressuscitava. E hoje, se André não tivesse uma consciência tão aguda de sua idade, eu esqueceria facilmente a minha.

Ele tornou a sair e fiquei ainda bastante tempo na varanda. Vi rodopiar contra o fundo azul do céu uma grua vermelha. Segui com os olhos um inseto negro que traçava no ar um largo rastro espumoso e gelado. A eterna juventude do mundo me deixa sem ar. Coisas que eu amava desapareceram. Muitas outras me foram dadas. Ontem à tarde, eu subia o bulevar Raspail e o céu estava carmesim. Pareceu-me caminhar num planeta desconhecido onde a relva era violeta, a terra azul. As árvores escondiam o avermelhar de um anúncio de neon. Andersen, aos sessenta anos, maravilhava-se por atravessar a Suécia em menos de 24 horas, quando em sua juventude a viagem durava uma semana. Conheci deslumbramentos semelhantes: Moscou a três horas e meia de Paris!

Um táxi levou-me ao parque Montsouris, onde tinha marcado de encontrar Martine. Entrando no jardim, senti profundamente o odor da grama cortada: perfume das pastagens onde caminhava com André, mochila às costas, tão emocionada por ser o cheiro dos campos de minha infância. Reflexos, ecos se encadeando ao infinito. Descobri a doçura de ter atrás de mim um longo passado. Não tenho tempo de contá-lo a mim mesma, mas às vezes, de improviso, eu o percebo em transparência ao fundo do momento presente: ele lhe dá sua cor, sua luz, como as rochas e as areias se refletem na cintilação do mar. Antigamente, eu me embalava com projetos, com promessas. Agora, a sombra dos dias mortos torna mais suaves emoções e prazeres.

— Bom dia.

No terraço do café-restaurante, Martine bebia uma limonada. Espessos cabelos negros, olhos azuis, vestido curto com riscas laranja e amarelas, com toques violeta: uma bela e jovem mulher. Quarenta anos. Com trinta anos eu havia sorrido quando o pai de André chamara de bela jovem uma quarentona. E agora as mesmas palavras me vinham aos lábios vendo Martine. Atualmente, quase todas as pessoas me parecem jovens. Ela sorriu:

— Você me trouxe seu livro?
— Claro.

Olhou a dedicatória:

— Obrigada — disse, com voz comovida. E acrescentou: — Estou impaciente para lê-lo. Mas este fim de ano letivo está me sobrecarregando. Terei que esperar o 14 de Julho.

— Gostaria de saber sua opinião.

Tenho muita confiança em seu julgamento; estamos quase sempre de acordo. Eu me sentiria inteiramente no mesmo plano que Martine se ela não conservasse a meu respeito um pouco da antiga deferência de aluno a professor, ainda que ela própria seja professora, casada e mãe de família.

— É difícil ensinar literatura hoje. Não sei como me arranjaria sem os seus livros. — E perguntou-me timidamente: — Está contente com este?

Sorri-lhe:

— Francamente, estou.

Uma interrogação persistia em seus olhos sem que ela ousasse formulá-la. Tomei a iniciativa. Seus silêncios me encorajavam a falar, mais do que certas perguntas estouvadas.

— Você sabe o que quis fazer: a partir de uma reflexão sobre as obras críticas publicadas depois da guerra, propor um novo método que permitiria penetrar na obra de um autor com uma exatidão que nunca se conseguiu. Espero ter conseguido.

Era mais que uma esperança: uma convicção. Ela me iluminava o coração. O dia estava lindo! E eu amava essas árvores, esses gramados, essas aleias onde tantas vezes passeara com colegas, com amigos. Alguns morreram ou nossas vidas nos distanciaram. Felizmente, ao contrário de André, que não vê mais ninguém, me liguei a alunos e a jovens colegas: eu os prefiro às mulheres de minha idade. Sua curiosidade fortalece a minha, me arrasta em seu futuro, para lá de meu túmulo.

Martine acariciou o volume com a palma da mão.

— Vou, de qualquer forma, dar uma olhadela ainda esta noite. Alguém o leu?

— Somente André. Mas a literatura não o apaixona.

Nada mais o apaixona. E isso é tão derrotista para mim quanto para ele. Não me diz nada, mas está convencido, no fundo, de que tudo o que eu fizer no futuro nada acrescentará à minha reputação. Isso não me perturba, porque sei que ele está errado. Acabo de escrever meu melhor livro, e o segundo volume irá ainda mais longe.

— Seu filho?

— Eu lhe enviei um pacote de provas. Vai me falar a respeito. Ele volta esta noite.

Falamos de Philippe, de sua tese, de literatura. Como eu, ela gosta das palavras e das pessoas que sabem se servir delas. Simplesmente se deixa devorar pelo trabalho e pelo lar. Levou-me para casa em seu pequeno Austin.

— Voltará logo a Paris?

— Acho que não. De Nancy irei diretamente descansar em Yonne.

— Você vai trabalhar um pouco durante as férias?

— Bem que gostaria. Mas estou sempre sem tempo. Não tenho a sua energia.

Não é uma questão de energia, disse a mim mesma quando a deixei: eu não poderia viver sem escrever. Por quê? E por que me obstinei a fazer de Philippe um intelectual quando André o teria deixado se empenhar em outros caminhos? Criança, adolescente, os livros me salvaram do desespero: isso me convenceu de que a cultura é o mais alto valor, e eu não consigo encarar essa certeza com olho crítico.

Na cozinha, Marie-Jeanne se apressa em preparar o jantar: um cardápio com os pratos favoritos de Philippe. Verifiquei se tudo estava em ordem, li os jornais e fiz uma palavra cruzada difícil que me ocupou quase uma hora. Às vezes me divirto em ficar muito tempo inclinada sobre um quadrado no qual, virtualmente, as palavras estão presentes, mesmo que invisíveis. Para fazê-las aparecer, uso meu cérebro como um revelador. Parece-me arrancá-las da espessura do papel onde estariam escondidas.

Tendo preenchido a última casa, escolhi no armário o vestido mais bonito, de seda fina cinza e rosa. Com cinquenta anos minhas toaletes me pareciam ou muito tristes, ou muito alegres. Agora sei o que é mais adequado para mim e me visto sem problemas. Sem prazer, tampouco. Essa relação íntima, quase terna, que tive outrora com minhas roupas desapareceu. Apesar de tudo, ainda considerei com satisfação minha silhueta. Foi Philippe quem me disse um dia: "Olha lá, você está engordando!" (Ele não parece haver notado que eu recuperei minha forma.) Comecei um regime, comprei uma balança. Nunca imaginei outrora que me incomodaria com meu peso. Veja só! Quanto menos eu me reconheço em meu corpo, mais me sinto obrigada a me ocupar com ele. Está a meus cuidados, e eu o trato com uma dedicação aborrecida, como a um velho amigo meio desfavorecido, meio diminuído, que precisasse de mim.

André trouxe uma garrafa de Mumm que pus para gelar, conversamos um pouco, e ele telefonou para sua mãe. Ele lhe telefona frequentemente. Ela tem ainda boas pernas, boa vista, milita bravamente nas fileiras do PC. Apesar de tudo, tem 84 anos, vive sozinha em sua casa de Villeneuve-lès-Avignon, e o filho se preocupa um pouco com ela. Ele ria ao telefone, eu ouvia suas exclamações, seus protestos, mas se calava depressa. Manette é volúvel quando quer.

— O que ela disse?

— Ela está cada vez mais convencida de que, de um dia para outro, cinquenta milhões de chineses vão transpor a fronteira russa. Ou então vão jogar uma bomba em qualquer lugar pelo simples prazer de fazer estourar uma guerra mundial. Acusa-me de ficar do lado deles: impossível convencê-la do contrário.

— Como ela está? Tem se aborrecido?

— Ficará muito contente em nos ver. Ela não sabe o que é aborrecimento!

Professora, três filhos, a aposentadoria foi para ela uma felicidade que ainda não se esgotou. Conversamos sobre ela e sobre os chineses, a respeito dos quais, como todo mundo, estamos muito mal-informados. André abriu uma revista. E eis que me pego olhando meu relógio cujos ponteiros parecem não se mexer.

De repente, ele apareceu; fico sempre surpresa ao encontrar em seu rosto, harmoniosamente fundidos, os traços tão dissemelhantes de minha mãe e de André. Abraçou-me com muita força, dizendo-me palavras alegres, e me abandonei à ternura do paletó de flanela contra meu rosto... Soltei-me para abraçar Irene; ela me sorria, um sorriso tão gelado que me espantei de sentir junto a seus lábios uma face doce e quente.

Irene. Sempre a esqueço: sempre ela está presente. Loura, com olhos cinza-azulados, a boca mole, o queixo agudo, e na testa muito grande qualquer coisa ao mesmo tempo vaga e obstinada. Logo a apaguei. Estava sozinha com Philippe como nos tempos em que o acordava de manhã com um carinho na testa.

— Nem mesmo uma gota de uísque? — perguntou André.

— Obrigada. Prefiro um suco.

Como é bem-comportada! Vestida, penteada, com uma elegância bem-composta, o cabelo liso, uma franja escondendo sua testa grande, maquiagem ingênua, costumezinho sério. Acontece-me com frequência, ao folhear uma revista feminina, exclamar: "Olha, é Irene!" Acontece-me também vê-la e mal reconhecê-la. "Ela é bonita", afirma André. Certos dias estou de acordo: a delicadeza das orelhas e das narinas, a ternura nacarada da pele acentuada pelo azul sombrio dos cílios. Mas, se ela mexe um pouco a cabeça, o rosto desliza, só se vê aquela boca e aquele queixo. Irene. Por quê? Por que Philippe sempre gostou desse gênero de mulheres elegantes, distantes, esnobes? Talvez para provar a si mesmo que podia seduzi-las. Não se apegava a elas. Ele pensava que jamais se apegaria, e uma tarde ele me disse: "Vou lhe dar uma grande notícia", com aquele ar muito excitado de criança que brincou muito, riu muito, gritou muito no feriado. Houve aquela pancada de gongo em meu peito, o sangue subiu em minhas faces, todos os meus nervos ficaram tensos para reprimir o tremor de meus lábios. Uma tarde de inverno, as cortinas cerradas, a luz das lâmpadas sobre o arco-íris das almofadas e aquele abismo de ausência cavado de repente. "Ela lhe agradará; é uma mulher que trabalha." Trabalha de vez em quando como roteirista. Conheço esse gênero de mulheres "na moda". Têm uma profissão vaga, pretendem cultivar-se, fazer um pouco de esporte, vestir-se bem, cuidar impecavelmente da casa, educar perfeitamente os filhos, levar uma vida mundana, em resumo: ter sucesso em todos os planos. E, na verdade, não se prendem a nada. Elas me revoltam.

Eles partiram para a Sardenha no dia em que a faculdade fechou suas portas, no início de junho. Enquanto jantávamos nessa mesa onde, tantas vezes, fiz Philippe comer (vamos, acabe sua sopa; coma mais um pedaço de carne, engula qualquer coisa antes de ir para a aula), nós falamos da viagem — belo presente de casamento, oferecido pelos pais de Irene. São ricos. Ela ficava muito tempo calada, como mulher inteligente que sabe esperar o momento de fazer uma observação feliz ou um pouco surpreendente; de vez em quando, soltava uma frasezinha, espantosa — em minha opinião, pelo menos — pela bobagem ou pela banalidade.

Voltamos para a biblioteca. Philippe lançou um olhar sobre minha mesa.

— Você trabalhou muito?

— Tudo está caminhando. Não teve tempo de ler as provas do meu livro?

— Não, imagina que não. Sinto muito.

— Lerá o livro. Tenho um exemplar para você.

Sua negligência me entristeceu um pouco, mas nada demonstrei. Disse:

— E você vai retomar seriamente a sua tese?

Ele não respondeu e trocou um olhar engraçado com Irene.

— O quê? Vão viajar novamente?

— Não. — De novo o silêncio, e ele disse, com certo humor: — Ah! Você vai se zangar, vai me censurar, mas tomei uma decisão este mês. É muito pesado conciliar um lugar de assistente e uma tese. Ora, sem tese, a universidade não me oferece um futuro interessante. Vou abandoná-la.

— O que é que você está dizendo?

— Vou deixar a universidade. Sou ainda bastante jovem e posso seguir outro caminho.

— Mas não é possível! No ponto a que chegou, não vai largar, não! — disse, indignada.

— Entenda. Antes, o magistério era um negócio de ouro. Agora, não sou o único a achar impossível me ocupar com os estudantes e trabalhar para mim: eles são muito numerosos.

— Isso é verdade — disse André. — Trinta alunos é trinta vezes um aluno. Cinquenta, uma multidão. Mas pode-se arranjar uma saída que lhe permita ter mais tempo e terminar sua tese.

— Não — disse Irene, em tom decisivo. — O ensino, a pesquisa são realmente muito malpagos. Tenho um primo que é químico. No C.N.R.S. ele ganhava oitocentos francos por mês. Entrou numa fábrica de corantes e agora recebe três mil.

— Não é somente uma questão de dinheiro — disse Philippe.

— Claro. O que conta também é estar por dentro.

Com frasezinhas comedidas, Irene deu a entender o que pensava de nós. E fez isso com muito tato, esse tato que a gente sente de longe. (Não quero, sobretudo, magoá-los, seria injusto que tivessem raiva de mim, mas existem coisas que precisam ser ditas, e, se eu não me contivesse, diria mais ainda.) É certo que André é um sábio, claro, e eu, como mulher, fui bem-sucedida. Mas nós vivemos fora do mundo, em laboratórios e bibliotecas. A geração de jovens intelectuais quer estar em contato com a sociedade. Philippe, com seu dinamismo, não foi feito para nosso estilo de vida; existem outras carreiras em que mostraria melhor sua capacidade.

— Enfim, a tese é coisa do passado — concluiu ela. Por que às vezes ela diz esses absurdos?

Ela não pode ser estúpida a esse ponto! Todavia, é Irene que existe e que conta. Ela anulou a vitória que eu havia obtido com Philippe, contra ele, por ele. Um combate tão longo, tão duro para mim às vezes. "Não consigo fazer esta dissertação. Estou com dor de cabeça, mande um recado dizendo que estou doente." "Não." O terno rosto de adolescente se crispava, envelhecia, os olhos verdes me assassinavam. "Você não é boazinha!" André intervinha: "Só dessa vez..." "Não." Minha angústia na Holanda, durante aquelas férias da Páscoa, em que deixamos Philippe em Paris. "Não quero que seu diploma fique de lado." E ele, com ódio: "Não me levem. Pouco me importa! Não escreverei uma linha!" E depois seus sucessos, nosso acordo. Nosso acordo que Irene está a ponto de quebrar. Ela me arrebata Philippe pela segunda vez. Não queria explodir na sua frente. Controlei-me.

— Então, o que pretende fazer?

Irene ia responder, Philippe interrompeu-a:

— O pai de Irene tem diversas coisas em vista.

— Que tipo de coisas? Negócios?

— Ainda está tudo no ar.

— Falou com ele antes da viagem, então. Por que não nos disse nada?

— Queria refletir um pouco mais.

Tive um acesso de raiva. Era inconcebível que ele não me houvesse consultado logo que a ideia de deixar a universidade surgiu em sua cabeça.

— Naturalmente, vocês me censuram — disse Philippe um tanto irritado.

O verde de seus olhos tomava aquela cor tempestuosa que eu conhecia tão bem.

— Não — disse André. — Deve-se fazer o que se tem vontade.

— E você? Você me censura?

— Ganhar dinheiro não me parece um ideal exaltante. Estou espantada.

— Eu disse que não se tratava, apenas, de dinheiro.

— De quê, precisamente? Explique.

— Não posso. Preciso rever meu sogro. Mas só aceitarei sua proposta se achá-la interessante.

Discuti ainda um pouco, o mais calmamente possível, tentando convencê-lo do valor de sua tese, lembrando-lhe de antigos projetos de ensaios, de estudos. Respondia polidamente, mas minhas palavras escorriam sobre ele. Não, ele não me pertencia mais de modo algum. Mesmo seu aspecto físico tinha mudado: outro corte de cabelo, as roupas mais modernas, no estilo do XVI *arrondissement*.[3] Fui eu que dei contorno à sua vida. Agora, acompanho-a de fora, como testemunha distante. É o destino das mães! Mas quem é que se consola dizendo que seu destino é o destino de todos?

André foi com eles até o elevador, e eu me deixei cair no sofá. Aquele vazio, de novo... O bem-estar daquele dia, aquela plenitude no âmago da ausência vinham da certeza de ter Philippe aqui por algumas horas. Esperei-o como se ele viesse para não mais partir: ele partirá sempre. E nossa ruptura é muito mais definitiva do que eu havia imaginado. Não participarei mais de seu trabalho, não teremos mais os mesmos interesses. Será que o dinheiro conta tanto para ele? Ou ele está somente cedendo a Irene? Ama-a tanto assim? Seria necessário conhecer suas noites. Talvez ela saiba satisfazer ao mesmo tempo seu corpo e seu orgulho: sob sua aparência mundana, julgo-a capaz de arrebatamentos. Tenho tendência a subestimar a importância que a felicidade física oferece a um casal. A sexualidade para mim não existe mais. Chamava de serenidade essa indiferença; de repente, compreendi de outra maneira: é uma doença, é a perda de um sentido; ela me deixa cega às necessidades, às dores, às alegrias daqueles que a possuem. Parece-me que nada mais sei sobre Philippe. Uma só coisa é certa: que

---

[3] A cidade de Paris é dividida em *arrondissements* (bairros), e o XVI é o bairro elegante. (N.T.)

falta ele vai me fazer! Talvez fosse graças a ele que eu me resignasse com minha idade. Ele me carregava para sua juventude. Levava-me às 24 Horas de Le Mans, às exposições de *op-art* e até uma noite a um *happening*. Sua presença agitada, inventiva, enchia a casa. Será que me acostumarei a esse silêncio, à ajuizada sequência dos dias que não será mais quebrada por nenhum imprevisto?

Perguntei a André:

— Por que você não me ajudou a convencer Philippe? Você cedeu logo. Nós dois juntos talvez teríamos conseguido persuadi-lo...

— É preciso deixar as pessoas livres. Ele nunca teve vontade de ser professor.

— Mas sua tese o interessava.

— Até determinado ponto bastante incerto. Eu o compreendo.

— Você compreende todo mundo.

Antes André era tão intransigente para com os outros como para consigo mesmo. Agora, suas posições políticas não se alteraram, mas em sua vida particular reserva sua severidade somente para si mesmo. Desculpa, explica, aceita as pessoas a ponto de me exasperar. Insisti:

— Acha que ganhar dinheiro é um objetivo satisfatório?

— Já não sei mais ao certo quais foram nossos objetivos nem se foram satisfatórios.

Pensava no que dizia ou se divertia em me provocar? Isso acontece quando me julga muito obstinada em minhas convicções e em meus princípios. Geralmente, de boa vontade, deixo-o implicar comigo, entro no jogo. Mas desta feita não tinha ânimo para brincadeiras. Elevei a voz:

— Por que então nós vivemos desse modo se você considera igualmente bom viver de outro?

— Porque *nós* não teríamos podido.

— Não teríamos podido por ser esse o tipo de vida que nos parecia válido.

— Não. Para mim, conhecer, descobrir, era uma mania, uma paixão ou mesmo uma espécie de neurose, sem nenhuma justificativa moral. Nunca achei que todos tinham que me imitar.

Eu, no fundo, penso que todos deveriam nos imitar, mas não quis discutir. Disse:

— Não se trata de todo mundo, mas de Philippe. Vai virar um carreirista e não foi para isso que o eduquei.

André refletia:

— É difícil para um jovem ter pais que foram muito bem-sucedidos. Ele não ousa acreditar que os igualará se seguir o mesmo caminho. Prefere ter outras perspectivas.

— Philippe estava se saindo muito bem.

— Você o auxiliava, ele trabalhava à sua sombra. Francamente, sem você não teria ido longe, e é bastante perspicaz para compreender isso.

Sempre existira entre nós essa surda oposição em relação a Philippe. Talvez André tivesse se aborrecido por ele haver escolhido as letras, e não a ciência. Ou era a clássica rivalidade pai-filho que estava em jogo: ele sempre julgara Philippe um medíocre, o que era um modo de condená-lo à mediocridade.

— Eu sei — disse —, você jamais confiou nele. E, se ele duvida de si mesmo, é porque se vê com os seus olhos.

— Pode ser — ponderou André, em tom conciliador.

— De qualquer modo, a grande responsável é Irene. É ela que o empurra. Deseja que seu marido ganhe muito dinheiro. Está contente demais por afastá-lo de mim.

— Ah! Não banque a sogra. Irene é igual a qualquer outra.

— Que qualquer outra? Ela disse despropósitos.

— Isso acontece. Às vezes ela é maldosa. Isso é mais sintoma de um desequilíbrio emocional do que de falta de inteligência. Por outro lado, se o dinheiro a atraísse tanto, não se casaria com Philippe, que não é rico.

— Compreendeu que ele poderia ficar rico.

— Em todo caso, ela o preferiu a qualquer jovem esnobe.

— Se ela lhe agrada, melhor para você.

— Quando se gosta de uma pessoa, deve-se dar crédito àqueles que ela ama.

— É verdade — disse. — Mas Irene me desanima.

— É preciso ver de que meio ela saiu.

— Ela não saiu. Infelizmente.

Esses burgueses cheios de dinheiro, influentes, importantes me parecem ainda mais detestáveis que o meio frívolo e mundano contra o qual minha juventude se insurgiu.

Durante um momento ficamos em silêncio. Atrás da vidraça, o anúncio de neon saltava do vermelho para o verde, os olhos da grande muralha brilhavam. Uma bela noite. Eu teria descido com Philippe para tomar alguma coisa ao ar livre... Inútil sugerir a André dar uma voltinha; ele, visivelmente, estava com sono. Disse-lhe:

— Pergunto-me por que Philippe se casou com ela.

— Ah! Você sabe, quem está de fora nunca entende essas coisas.

Havia respondido com ar indiferente. Parecia abatido, apoiava o dedo no rosto na altura da gengiva: tique adquirido fazia algum tempo.

— Está com dor de dente?

— Não.

— Então por que esfrega a gengiva?

— Verifico se não dói.

No ano passado, ele tomava o pulso de dez em dez minutos. Verdade que tinha sofrido de um pouco de hipertensão, mas um tratamento a estabilizou em 17, o que é perfeito para nossa idade. Continuava a pressionar a bochecha, seus olhos estavam vazios, bancava o velho e acabaria por me convencer de que o era de fato. Por um instante pensei, horrorizada: "Philippe foi embora e eu vou terminar meus dias ao lado de um velho!" Tive vontade de gritar:"Pare, eu não quero!" Como se me tivesse ouvido, ele sorriu, voltou a ser ele próprio e fomos dormir.

Ele ainda está dormindo. Vou acordá-lo. Beberemos chá-da-china bem escuro, bem forte. Mas esta manhã não se parece com a de ontem. Preciso aprender de novo: perdi Philippe. Já deveria saber disso. Ele me abandonou no instante em que anunciou seu casamento, me abandonou quando nasceu: uma ama poderia me substituir. O que é que eu pensei? Como ele era exigente, acreditei ser indispensável. Como se deixa facilmente influenciar, acreditei que o criara à minha imagem. Este ano, quando o via com Irene ou na família dela, tão diferente do que era comigo, parecia que ele se prestava a um jogo: era eu quem detinha a sua verdade. E preferiu se afastar, romper nossa cumplicidade, recusar a vida que, com tanto sacrifício, eu lhe havia construído. Ele se tornará um estranho.

Vamos! Eu, que André acusa frequentemente de otimismo cego, talvez esteja me atormentando por nada. Não acredito que fora da universidade não haja salvação, nem que fazer uma tese seja imperativo absoluto. Philippe disse que só aceitaria um trabalho interessante... Mas desconfio das situações que o pai de Irene pode lhe oferecer. Desconfio de Philippe. Já lhe ocorreu, muitas vezes, me esconder coisas ou mentir, conheço seus defeitos, já tomei partido, e eles até me comovem, como se fossem uma desgraça física. Mas desta feita estou indignada por não me ter posto a par de seus projetos. Indignada e aflita. Até hoje, quando me decepcionava, ele sabia sempre me consolar. Já não tenho mais certeza de que o consiga.

Por que André está atrasado? Eu tinha trabalhado quatro horas a fio, minha cabeça pesava e me estendi no sofá. Durante três dias, Philippe não deu sinal de vida; não costuma fazer isso. Seu silêncio me surpreende, ainda mais porque ele multiplica os telefonemas e os recadinhos quando teme ter me magoado. Eu não compreendia, estava triste, e minha tristeza aumentava, escurecia o mundo que, em contrapartida, a alimentava. André. Ele estava se tornando cada vez mais rabugento. Vatrin era o único amigo que ainda admitia ver e se zangou porque o convidei para almoçar: "Ele me aborrece." Todo mundo o aborrece. E eu? Ele me havia dito fazia muito, muito tempo: "Desde que a tenho, não poderei jamais ser infeliz." Mas não parece muito feliz. Não me amava mais como antes. O que é amar, para ele, hoje? Tornei-me um velho hábito que não lhe dá mais nenhuma alegria. Pode ser que esteja sendo injusta, mas eu lhe queria mal: ele consentia essa indiferença e nela se instalava.

A chave deu volta na fechadura e ele me beijou. Parecia preocupado.

— Estou atrasado.

— Um pouco.

— É que Philippe foi me buscar na Escola Normal. Bebemos um pouco juntos.

— Por que não o trouxe?

— Queria falar comigo reservadamente para que fosse eu quem lhe explicasse o que tem para nos dizer.

— E o que é?

"Partia para o exterior, muito longe, durante muitos anos?"

— Você não vai gostar. Não ousou nos revelar na outra noite, mas já está decidido. Seu sogro lhe arranjou um lugar. Foi admitido no Ministério da Cultura. Explicou que, na sua idade, é uma situação magnífica. Mas você sabe o que isso implica.

— É impossível. Philippe!

Era impossível. Ele compartilhava nossas ideias. Arriscou-se muito durante a guerra da Argélia — essa guerra que nos arrasou e que agora parecia jamais ter existido; apanhara em manifestações antigaullistas; votou conosco nas últimas eleições...

— Disse-me que evoluiu. Compreendeu que o negativismo da esquerda francesa não o havia conduzido a nada, que ela estava liquidada, que ele queria estar atualizado, ter contato com o mundo, agir, construir.
— Parece que estou ouvindo Irene.
— Mas era Philippe quem falava — disse André, com voz dura.
Bruscamente compreendi. Fiquei furiosa:
— Então o quê? É um arrivista? Vira-casaca por carreirismo? Espero que você o tenha repreendido violentamente.
— Declarei que o desaprovava.
— Não tentou fazê-lo mudar de opinião?
— Claro que sim. Eu discuti.
— Discutir! Era necessário intimidá-lo, dizer que não o veríamos mais. Você foi muito mole, conheço você...
De repente, caía sobre mim uma avalanche de dúvidas, de desconfianças, de inquietações que eu havia recalcado. Por que ele só tivera mulheres bem-vestidas demais, grã-finas, esnobes? Por que Irene e esse casamento em grande estilo na igreja? Por que parecia tão diligente, tão encantador com a família dela? Evoluía naquele meio como um peixe dentro d'água. Não quis questionar, e, quando André arriscava uma crítica, eu defendia Philippe. Toda essa confiança obstinada se transformava em rancor. Philippe, de um só golpe, mudara de cara. Era um arrivista, um intrigante.
— Pois eu vou ter uma conversa com ele.
Dirigi-me para o telefone. André me impediu:
— Acalme-se primeiro. Uma cena não adiantará nada.
— Mas vai me aliviar.
— Por favor!
— Deixe-me.
Disquei o número de Philippe.
— Seu pai acaba de me contar que você vai entrar para a cúpula do Ministério da Cultura. Felicitações!
— Ah, por favor — disse ele —, não use esse tom.
— E que tom devo usar? Devo me regozijar quando você não ousa falar comigo frente a frente, tanta vergonha tem de si mesmo?
— Não tenho vergonha nenhuma. Todo mundo tem o direito de mudar de opinião.
— Mudar! Há seis meses você condenava radicalmente a política cultural do regime.

— Pois bem, justamente! Vou procurar mudá-la.

— Ora! Você não pesa na balança e sabe bem disso. Entrará direitinho no jogo, preparará uma bela carreira. É a ambição que o orienta, nada mais...

Não sei mais o que lhe disse, ele gritava: "Cale-se! Cale-se!", eu continuava, ele me interrompia, sua voz se tornava irritada, terminou dizendo, furioso:

— Não somos uns salafrários só porque recusamos compartilhar suas obstinações senis!

— Já basta! Não o verei nunca mais enquanto viver!

Desliguei, sentei-me suando, trêmula, as pernas bambas. Mais de uma vez tínhamos brigado seriamente, mas dessa vez era grave: jamais tornaria a vê-lo. Sua reviravolta me enojava e suas palavras me feriram porque ele quisera ferir.

— Ele nos insultou. Falou de nossas obstinações senis. Nunca mais o verei e não quero que você jamais o veja.

— Você também foi dura. Não deveria ter se colocado num terreno passional.

— E por que não? Ele não levou em conta nossos sentimentos. Troca-nos por sua carreira. Aceita pagá-la ao preço de uma ruptura.

— Ele não pensou em ruptura, e, aliás, não haverá ruptura. Sou contra.

— No que me concerne, já houve. Tudo acabou entre nós.

Calei-me. Continuava a tremer de raiva.

— Já há algum tempo, Philippe fazia um jogo estranho — disse André. — Você não queria admitir, mas eu entendi bem. Todavia, nunca supus que chegasse a tanto.

— É um ambiciosinho sujo.

— Sim — disse André, com um tom perplexo. — Mas por quê?

— Como por quê?

— Aquela noite, nós dissemos: "Temos certamente nossa parte de responsabilidade." — Ele hesitou: — A ambição foi você quem lhe insuflou, ele mesmo era indiferente. E, sem dúvida, fui eu quem desenvolveu seu antagonismo.

— Tudo é culpa de Irene! — exclamei, de modo explosivo. — Se não tivesse casado com ela, se não tivesse entrado naquele meio, jamais teria pactuado.

— Mas ele casou, em parte porque esse meio lhe impunha isso. Há muito tempo seus valores não são mais os nossos. Vejo aí algumas razões...

— Você não vai defendê-lo!

— Tento compreendê-lo.

— Nenhuma explicação me convencerá. Não o verei mais e não quero que torne a vê-lo.

— Não se engane. Eu o condeno. Condeno profundamente. Mas eu vou continuar a vê-lo. E você também.

— Não. E, se você me abandonar, depois do que ele me disse ao telefone, nunca o perdoarei. Não me fale mais dele.

Mas não podíamos falar de outra coisa. Jantamos quase em silêncio, rapidamente, e, depois, cada um pegou um livro. Eu estava com raiva de Irene, de André, do mundo inteiro. "Nós temos, com certeza, nossa parte de responsabilidade." Ah! Era inútil procurar razões, desculpas. "Suas obstinações senis", ele me gritara essas palavras. Estava tão certa de seu amor por nós, por mim. Na verdade, eu não pesava muito, não representava nada para ele: uma velharia para ser restaurada em loja de acessórios. Só me cabia pô-lo de lado também. A noite inteira, o rancor me dominou. De manhã, depois que André saiu, entrei no quarto de Philippe, rasguei e joguei fora papéis e jornais velhos, enchi uma maleta com seus livros, em outra empilhei o pulôver, o pijama, tudo o que restava nos armários. Diante das tábuas vazias, meus olhos se encheram de lágrimas. Tantas lembranças comoventes, perturbadoras, deliciosas, acordavam em mim. Pois eu lhes torceria o pescoço. Ele tinha me deixado, traído, insultado, ridicularizado. Jamais o perdoaria.

Dois dias se passaram sem que falássemos de Philippe. Na terceira manhã, enquanto examinávamos a correspondência, eu disse a André:

— Uma carta de Philippe.

— Suponho que seja um pedido de desculpas.

— Perde seu tempo. Não a lerei.

— Oh! Dê uma olhada assim mesmo. Você sabe como lhe custa dar os primeiros passos. Dê-lhe uma chance.

— Nem pensar.

Dobrei a carta em um envelope, no qual escrevi o endereço de Philippe.

— Ponha-a no correio, por favor.

Cedera sempre, facilmente, diante de seus belos sorrisos e suas bonitas frases. Dessa vez não cederia.

Dois dias depois, no início da tarde, Irene tocou a campainha.

— Desejaria falar-lhe cinco minutos.

Um vestidinho muito simples, braços nus, cabelos soltos: parecia uma menina, fresca e tímida. Nunca a vira desempenhando esse papel. Fiz que entrasse. Claro, ela vinha advogar a causa de Philippe. A devolução da carta o magoara. Ele se desculpava do que dissera ao telefone, não pensava uma palavra de tudo aquilo, mas eu conhecia o seu gênio. Quando se encolerizava, dizia coisas a esmo, sem pensar. Fazia questão de se explicar comigo.

— Por que não veio ele mesmo?

— Tinha medo de que a senhora lhe batesse com a porta na cara.

— É de fato o que eu faria. Não desejo revê-lo. Ponto. Ponto-final.

Ela insistia. Ele não podia suportar a minha zanga, não imaginara que eu tomasse as coisas tão a sério.

— Então, quer dizer que enlouqueceu. Que vá para o inferno!

— Mas a senhora não quer compreender: papai conseguiu para ele algo muito importante: na sua idade, tal posição é qualquer coisa excepcional. A senhora não pode exigir que ele sacrifique seu futuro pela senhora.

— Ele tinha um futuro, natural, conforme as suas ideias.

— Desculpe-me: as ideias da senhora. Ele evoluiu.

— Ele vai evoluir, nós conhecemos essa música: porá suas opiniões a serviço de seus interesses. Nesse momento, chafurda na má-fé: só pensa em ter êxito. Ele se renega, e sabe disso, isso que é o pior — disse, com exaltação.

Irene me encarou.

— Suponho que sua vida foi sempre impecável e que isso a autoriza a julgar todos os outros de cima.

Tornei-me rígida:

— Tentei ser honesta e desejava que Philippe também fosse. Lastimo que o tenham desviado desse caminho.

Ela começou a rir:

— Parece até que ele virou ladrão ou falsário!

— Dadas as suas convicções, não acho a sua escolha honrosa.

Irene levantou-se.

— De qualquer modo, é engraçada essa severidade — disse-me lentamente. — O pai, que é politicamente mais engajado, não rompeu com Philippe, e a senhora...

Eu a interrompi:

— Ele não rompeu... Você quis dizer que tornaram a se encontrar?

— Não sei — retrucou, apressada. — O que sei é que não falou em romper quando Philippe o pôs a par de sua decisão.

— Isso foi antes do telefonema. Mas depois?

— Eu não sei.

— Você não sabe quem Philippe vê ou não vê?

Respondeu, com ar emburrado:

— Não.

— Que seja. Não tem importância — disse-lhe.

Acompanhei-a até a porta. Repassei em minha cabeça nossas últimas palavras. Parou de falar por perfídia ou inabilidade? Em todo caso, minha convicção estava formada. Quase formada. Mas não tanto que me libertasse da cólera. Bastante para que a angústia me sufocasse.

Assim que André chegou, ataquei:

— Por que você não me contou que tornou a ver Philippe?

— Quem lhe disse isso?

— Irene. Ela veio me perguntar por que não queria vê-lo, já que você o via.

— Eu avisei que continuaria a vê-lo.

— E eu avisei que ficaria mortalmente ressentida. Foi você quem o persuadiu a me escrever.

— Eu não!

— Claro que sim. Você zombou de mim: "Você sabe como lhe custa dar os primeiros passos." E você os deu! Escondido!

— Em relação a você, foi ele quem deu os primeiros passos.

— Levado por você. Vocês conspiraram nas minhas costas, me trataram como uma criança, me trataram como uma doente. Você não tinha esse direito.

Subitamente, havia fumaças vermelhas na minha cabeça, uma bruma vermelha diante dos meus olhos, algo vermelho gritando na minha garganta. Minhas raivas de Philippe são habituais, eu reconheço. Mas de André, quando — raramente, muito raramente — fico furiosa com ele, é uma tormenta que me leva para milhões de quilômetros longe dele e de mim mesma, numa solidão ao mesmo tempo escaldante e gelada.

— Você nunca mentiu para mim! É a primeira vez.
— Vamos admitir que errei.
— Errou ao ver Philippe, errou sendo cúmplice de Irene e dele contra mim, errou ao me enganar, ao mentir. São erros demais.
— Escute... Você quer me escutar, com calma...
— Não. Eu não quero falar com você, eu não quero mais ver você, quero ficar sozinha, vou tomar um ar.
— Vá tomar um ar e trate de se acalmar — disse-me secamente.

Saí para a rua; caminhei como já fiz muitas vezes para acalmar os terrores, as cóleras, para conjurar os fantasmas. Só que eu não tenho mais vinte anos, nem mesmo cinquenta, e a fadiga me dominou depressa. Entrei em um café e bebi uma taça de vinho, os olhos ofuscados pela cruel claridade do neon. Philippe, caso encerrado! Casado, bandeado. Só me restava André, que, justamente, eu não tinha mais. Acreditava que fôssemos transparentes um para o outro, unidos, soldados como irmãos siameses. E ele me abandonou e mentiu para mim: eu me encontrava sozinha naquele banco. A cada segundo, evocando seu rosto, sua voz, eu atiçava uma raiva devastadora. Como naquelas doenças em que se forja o próprio sofrimento, cada inspiração lhe despedaçando os pulmões e, contudo, você é obrigado a respirar.

Saí. Tornei a caminhar um pouco. "E então o quê?", perguntava-me embotada. Nós não íamos nos separar. Solitários, continuaríamos vivendo lado a lado. Eu ocultaria minhas queixas, essas queixas que eu não queria esquecer. A ideia de que um dia minha cólera me abandonaria me exasperava.

Quando voltei, encontrei um recado sobre a mesa: "Fui ao cinema." Empurrei a porta de nosso quarto. Em cima da cama estava o pijama de André, no chão os mocassins que lhe servem de chinelo, um cachimbo, um pacote de fumo e seus remédios contra a hipertensão sobre o criado-mudo. Por um instante ele existiu de forma pungente, como se tivesse sido afastado de mim por uma doença ou um exílio e eu o encontrasse nesses objetos abandonados. Lágrimas subiram-me aos olhos, engoli um sonífero e me deitei.

Ao acordar de manhã, ele dormia, encolhido na cama, com a mão apoiada contra a parede. Desviei os olhos. Nenhum impulso em sua direção. Meu coração estava gelado, melancólico como uma capela abandonada onde já não brilha nenhuma lamparina. Os chinelos, o cachimbo não me emocionavam mais; não evocavam um amado ausente, eram apenas o prolongamento daquele estranho que habitava sob o mesmo teto que eu. Atroz contradição da cólera nascida do amor e que mata o amor.

Não falei com ele. Enquanto ele tomava seu chá na biblioteca, eu estava em meu quarto. Chamou-me antes de sair e perguntou:

— Não quer que nos expliquemos?

— Não.

Não havia nada a explicar. Aquela raiva, aquela dureza de meu coração... as palavras se quebrariam contra elas.

Durante o dia todo pensei em André e, por momentos, qualquer coisa vacilava em minha cabeça. Era como se recebesse um choque no crânio, a visão ficasse turva e o mundo aparecesse em duas imagens, com alturas diferentes, sem que pudesse situar a de cima e a de baixo. As duas imagens que tinha de André, a do passado e a do presente, não se ajustavam. Alguma coisa estava errada. Aquele instante mentia: não era ele, não era eu, aquela história se passava em outro lugar. Ou então o passado era miragem, eu me enganara sobre André. Nem uma coisa nem outra, eu me dizia quando via claro. A verdade é que ele tinha mudado. Envelhecido. Não dava mais muita importância às coisas. Outrora, a conduta de Philippe o deixaria revoltado: agora, ele se contentava em reprová-lo. Outrora, ele não teria manobrado às minhas costas, não teria mentido para mim. Sua sensibilidade, sua moral se embotaram. Será que vai continuar nessa descida? Cada vez mais indiferente... Eu não quero. Eles chamam indulgência, sabedoria, essa inércia do coração: mas é a morte que está se instalando em você. Ainda não, agora não.

Nesse dia apareceu a primeira crítica sobre meu livro. Lantier me acusava de repetição. É um velho imbecil, que me detesta; não deveria me incomodar. Mas, como estava de humor irritável, irritei-me. Gostaria de ter falado com André, mas seria necessário que tivéssemos feito as pazes. E eu não queria.

— Fechei o laboratório — disse ele à noite, com um sorriso bondoso. — Podemos partir para Villeneuve e para a Itália quando você quiser.

— Tínhamos decidido passar este mês em Paris — respondi secamente.

— Você poderia ter mudado de ideia.

— Não mudei.

O rosto de André se fechou.

— Vai continuar muito tempo de cara amarrada?
— Temo que sim.
— Pois bem! Você está errada. Isso é desproporcional em relação ao que se passou.
— Cada um tem suas medidas.
— As suas são despropositadas. Você é sempre a mesma. Por otimismo, por ser muito voluntariosa, esconde de si própria a verdade e, quando ela lhe salta aos olhos, você desaba ou explode. O que a exaspera, e vem recair sobre mim, é você ter superestimado Philippe.
— Você sempre o subestimou.
— Não. Simplesmente, não me iludi muito com suas capacidades nem com seu caráter. E, afinal de contas, vejo que ainda me iludi um pouco.
— Não se constata uma criança como uma experiência de laboratório. Ela se torna o que seus pais a fazem. Você jogou pensando perder, e isso não o ajudou.
— E você, ao contrário, sempre jogou pensando ganhar. É livre, mas à condição de saber ter espírito esportivo quando perde. Ora, você não sabe perder, procura subterfúgios, tem acessos de fúria, acusa meio mundo. Tudo é bom se o fim é não reconhecer seus erros.
— Dar crédito a alguém não é um erro!
— Ah! Quero ver quando vai reconhecer que errou!
Eu sei. Em minha juventude me condenaram tanto, ter razão custou-me tanto que, hoje, recuso a autocrítica. Mas não estava de humor para reconhecê-lo. Peguei a garrafa de uísque.
— É incrível! É você quem me acusa! — retruquei.
Enchi um copo, que engoli de um trago. O rosto de André, sua voz; ele mesmo e um outro, amado, odiado, essa contradição descia em meu corpo. Meus nervos, meus músculos se contraíam num espasmo de tétano.
— Desde o início você se recusou a discutir calmamente. Em lugar disso, atirou-se em elucubrações... E agora vai se embriagar? É ridículo — disse quando enchi o segundo copo.
— Eu me embebedarei se quiser. Você não tem nada com isso. Não me chateie.
Levei a garrafa para o quarto. Enfiei-me na cama com um romance de espionagem, mas era impossível ler. Philippe. Sua imagem empalidecera um pouco, de tal forma minha raiva de André me obsedava. De

repente, através dos vapores do álcool, ele me sorria com intolerável doçura. Superestimado? Não. Eu o havia amado em suas fraquezas: menos caprichoso, menos displicente, ele teria tido menos necessidade de mim. Não teria sido tão deliciosamente terno se não precisasse ser perdoado de nada. Nossas reconciliações, suas lágrimas, nossos beijos. Mas então eram apenas pecadilhos. Hoje, é outra coisa. Dei um grande gole de uísque, as paredes começaram a dançar e eu apaguei.

A luz filtrou-se através de minhas pálpebras. Conservei-as fechadas. Sentia a cabeça pesada e uma tristeza de morte. Não me lembrava de meus sonhos. Naufragara em espessuras negras; era líquido e sufocante, uma espécie de piche, e naquela manhã eu emergia com dificuldade. Abri os olhos. André estava sentado numa poltrona ao pé da cama e me olhava sorrindo:

— Querida, nós não vamos continuar assim.

Era ele, no passado, no presente, o mesmo, eu o reconhecia. Mas ainda subsistia essa barra de ferro em meu peito. Meus lábios tremiam. Obstinar-me mais, ir a pique, me afogar em espessuras de solidão e de escuridão. Ou tentar segurar aquela mão que se estendia. Ele falava com aquela voz igual, apaziguadora, que eu amo. Admitia seus erros. Mas era no meu interesse que falara com Philippe. Achara-nos tão tristes que tinha decidido intervir logo, antes que nossa briga fosse consolidada.

— Você, que é sempre tão alegre, não faz ideia de como me entristecia vê-la se arrasar! Eu compreendo que, no primeiro momento, tenha me querido mal. Mas não esqueça o que somos um para o outro, não vá ficar zangada indefinidamente.

Sorri fracamente, ele se aproximou, passou um braço em torno de meus ombros, eu me agarrei a ele e chorei docemente. Volúpia quente das lágrimas deslizando pelo rosto! Que alívio! É tão cansativo detestar alguém que se ama!

— Eu sei por que menti para você — disse ele um pouco mais tarde. — Porque envelheço. Sabia que dizer a verdade criaria um drama; isso não teria me detido antes. Agora, a ideia de uma briga me cansa. Enveredei por um atalho.

— Isso quer dizer que você mentirá para mim cada vez mais?

— Não, eu lhe prometo. Além disso, não tornarei a ver Philippe com frequência, nós não temos mais muito a nos dizer.

— As brigas estão cansando você. Entretanto, ontem à noite, você que brigou comigo.

— Eu não a suporto de cara feia; então é melhor brigar.

Sorri:

— Talvez você tenha razão. Era preciso sair dessa.

Tomou-me pelos ombros:

— Saímos mesmo? Você não está mais zangada comigo?

— Não estou mais. Está acabado, acabado.

Sim, estávamos reconciliados. Mas teríamos dito tudo um ao outro? Eu não, em todo caso. Ainda havia algum resíduo dentro de mim: aquela maneira de André se abandonar à velhice. Não queria falar-lhe naquele momento, era preciso que o céu serenasse completamente. E ele? Teria algum pensamento oculto? Reprovaria seriamente o que chamava de meu otimismo voluntarioso? Aquela tempestade havia sido breve demais para mudar alguma coisa entre nós: mas não havia sido um sinal de que, há algum tempo — quando? —, imperceptivelmente, algo tinha se modificado?

Alguma coisa mudou, eu me dizia enquanto rodávamos, a 140km/h, na autoestrada. Estava sentada ao lado de André, nossos olhos viam a mesma pista, o mesmo céu, mas havia, invisível, impalpável, uma camada isolante entre nós. Teria ele consciência disso? Sim, sem dúvida. Se tinha proposto esse passeio era na esperança de que, ressuscitando aqueles de outrora, ele terminasse por nos aproximar. Mas o passeio não se parecia com os outros, já que não lhe dava nenhum prazer. Deveria ser-lhe grata por sua gentileza, mas não, eu estava penalizada por sua indiferença. Sentira-a tão bem que quase recusara, mas ele tomaria essa recusa como prova de má vontade. O que estava nos acontecendo? Tinha havido brigas em nossas vidas, mas por razões sérias. Exemplo: a educação de Philippe. Tratava-se de verdadeiros conflitos que nós liquidávamos com violência, mas rápida e definitivamente. Dessa vez, fora um turbilhão de fumaça, de fumaça sem fogo, e, por sua inconsistência mesmo, em dois dias, não se dissipara completamente. É preciso dizer também que, outrora, tínhamos reconciliações ardentes na cama; no desejo, na perturbação, no prazer, as queixas inúteis eram calcinadas. Reencontrávamo-nos, um em frente ao outro, novos e alegres. Agora, estávamos privados desse recurso.

Vi o cartaz, abri bem os olhos.

— O quê? É Milly? Já? Faz vinte minutos que saímos!

— Rodei bem — disse André.

Milly. Quando mamãe nos levava para visitar vovó, que expedição! Era o campo, imensa extensão cultivada de trigo dourado, às bordas da qual colhíamos papoulas. Aquela cidadezinha distante estava agora mais próxima de Paris do que nos tempos de Balzac, Neuilly ou Auteuil.

André custou a encostar o carro, era dia de feira: uma confusão de carros e pedestres. Reconheci os velhos mercados, o hotel Lion d'Or, as casas e suas telhas já desbotadas. Mas as bancas erguidas na praça a transformavam. Utensílios em plástico, brinquedos, quinquilharias, latas de conservas, perfumarias, joias não evocavam as antigas feiras de vilarejos: espalhados ao ar livre, eram como o Monoprix ou o Inno.[4] Portas e paredes de vidro, uma grande livraria cintilava, cheia de livros e revistas com capas lustrosas. A casa de vovó, antes situada um pouco fora da cidadezinha, fora substituída por um edifício de cinco andares localizado agora em pleno centro.

— Não quer beber alguma coisa?

— Oh, não! — disse. — Não é mais minha Milly.

Decididamente, nada mais era igual: nem Milly, nem Philippe, nem André. E eu?

— Vinte minutos para vir a Milly é um milagre — disse quando entrávamos no carro. — Apenas não é mais Milly.

— Pois é. Ver o mundo transformar-se é, ao mesmo tempo, milagroso e desolador.

Eu refleti:

— Você vai caçoar ainda de meu otimismo: para mim, é sobretudo milagroso.

— Mas para mim também. O desolador, quando se envelhece, não está nas coisas, mas em nós mesmos.

— Eu não acho. Aí se perde, mas também se ganha.

— Perde-se mais do que se ganha. Verdadeiramente, não vejo o que se ganha. Você pode me dizer?

— É agradável ter atrás de si um longo passado.

— Acha que *tem* um? Pois eu não tenho o meu... Tente me contar como ele é.

— Eu sei que ele está aí. Ele dá espessura ao presente.

---

[4] Monoprix, Inno: cadeias de mercados a preço único ou populares, padronizadas. (N.T.)

— Está bem. E o que mais?

— Intelectualmente, dominamos melhor as perguntas, esquecemos muita coisa, é verdade, mas mesmo o que é esquecido fica à nossa disposição, de certo modo.

— Talvez em seu ramo. Eu estou cada vez mais ignorante de tudo o que não é minha especialidade. Para me pôr a par da física quântica, precisaria voltar para a universidade como simples aluno.

— Nada o impede.

— Talvez eu faça isso.

— É engraçado — disse eu. — Estamos de acordo em todos os pontos, menos neste: não vejo o que se perde envelhecendo.

Ele sorriu:

— A mocidade.

— Não é um bem em si.

— A mocidade é o que os italianos chamam de um nome tão bonito: *la stamina*. A seiva, o fogo que permite amar e criar. Quando se perde isso, perde-se tudo.

Ele havia falado com um tom que eu não ousava acusá-lo de complacência. Alguma coisa que eu ignorava o corroía. Que eu não desejava conhecer, que me assustava. Era talvez isso que nos separava.

— Jamais acreditarei que você não possa mais criar — disse-lhe.

— Bachelard escreveu:"Os grandes sábios são úteis à ciência na primeira metade de suas vidas, nocivos na segunda." Sou considerado um sábio. Só o que posso fazer no presente é tentar não ser nocivo demais.

Nada respondi. Verdadeiro ou falso, ele acreditava no que dizia. Seria fútil protestar. Compreendia que meu otimismo o irritasse frequentemente: era um modo de escamotear seu problema. Mas que fazer? Não podia enfrentá-lo em seu lugar. O melhor era calar-me. Rodamos em silêncio até Champeaux.

— Esta nave é verdadeiramente bela — comentou André quando entramos na igreja. — Ela lembra muito a de Sens, mas as proporções são ainda mais felizes.

— Sim, ela é bela. Não me lembro mais da de Sens.

— É a mesma alternância de grandes colunas isoladas e de finas colunas geminadas.

— Que memória você tem!

Olhamos conscienciosamente a nave, o coro, o transepto. A igreja não era menos bonita porque eu subira à Acrópole, mas meu humor não era o mesmo do tempo em que num velho calhambeque sacolejávamos sistematicamente pela Île-de-France. Nenhum de nós era o mesmo. Não me interessava verdadeiramente pelos capitéis esculpidos, nem pelas cadeiras do coro, cujos assentos tinham nos divertido tanto outrora.

Saindo da igreja, André me perguntou:

— Você acha que o Truit d'Or ainda existe?

— Vamos ver.

Antigamente, era um dos nossos lugares favoritos, aquele pequeno albergue, à beira d'água, onde se comiam pratos simples e deliciosos. Nós festejamos lá nossas bodas de prata e, depois disso, não tínhamos voltado. Silencioso, pavimentado com pequenas pedras, o lugarejo não havia mudado. Percorremos a rua principal nos dois sentidos: o Truit d'Or tinha desaparecido. O restaurante onde paramos, na floresta, nos desagradou, talvez por compará-lo às lembranças.

— E agora, o que fazemos? — indaguei.

— Nós tínhamos falado do castelo de Vaux, das torres de Blandy.

— Mas você está com vontade de ir?

— Por que não?

Ele estava pouco ligando e eu também, mas nenhum de nós ousava dizê-lo. Em que ele estaria pensando exatamente enquanto rodávamos por estradinhas cheirando a folhagem? No deserto de seu futuro? Eu não podia segui-lo. Sentia-o solitário ao meu lado. E eu estava também. Muitas vezes, Philippe havia tentado me telefonar. Eu desligava assim que reconhecia sua voz. Interrogava-me. Tinha sido muito exigente com ele? E André, desdenhosamente indulgente demais? Era dessa discordância que ele fora vítima? Gostaria de discutir com André, mas temia reavivar uma briga.

O castelo de Vaux, as torres de Blandy: fizemos nosso programa. Dizíamos: "Eu me lembrava bem, eu mal me lembrava, são soberbas estas torres..." Mas, num sentido, é ocioso visitar coisas. É necessário que um projeto ou uma questão ligue você a elas. Eu só percebia pedras empilhadas umas sobre as outras.

Esse dia não nos havia aproximado, eu sentia que estávamos decepcionados e muito longe um do outro enquanto voltávamos a Paris. Parecia-me que não podíamos mais nos falar. Seria verdade, então, o que dizem sobre a não comunicação? Como eu tinha entrevisto na minha raiva, nós estávamos condenados à solidão, ao silêncio? Teria sempre sido assim e fora por meu otimismo obstinado que eu pretendera o contrário? "É preciso fazer um esforço", disse a mim mesma, ao deitar. "Amanhã cedo conversaremos. Tentaremos chegar ao cerne das coisas." Se nossa briga não fora liquidada, é porque ela fora um sintoma. Era preciso chegar à raiz. Sobretudo, não ter medo de falar de Philippe. Um assunto proibido e todo o nosso diálogo fica bloqueado.

Eu servia o chá e procurava palavras para atrair uma explicação quando André me disse:

— Sabe do que tenho vontade? Ir já para Villeneuve. Descansarei mais que em Paris.

Foi essa a conclusão que tirou daquele dia frustrado: em vez de procurar uma reaproximação, fugia! Às vezes passa sem mim alguns dias na casa de sua mãe, por afeição a ela. Mas desta feita era um modo de escapar a um convívio mais a sós. Fiquei profundamente ofendida.

— Excelente ideia! — retruquei secamente. — Sua mãe ficará encantada. Vá.

Deixou cair os lábios, contrafeito:

— Você não quer ir?

— Você sabe muito bem que não tenho nenhuma vontade de deixar Paris tão depressa. Irei na data prevista.

— Como você quiser.

De qualquer modo, eu teria ficado. Queria trabalhar e também ver como meu livro seria recebido, falar dele com amigos. Mas fiquei desconcertada que ele não insistisse mais. Perguntei com frieza:

— Quando está pensando em ir?

— Não sei. Logo. Não tenho nada a fazer aqui.

— Logo quer dizer o quê? Amanhã? Depois de amanhã?

— Por que não amanhã cedo?

Ficaríamos, então, separados 15 dias: nunca ele me deixava mais que três ou quatro, salvo para ir a congressos. Eu teria me mostrado desagradável? Ele deveria ter discutido comigo em lugar de fugir. No entanto, não era de seu estilo tirar o corpo fora. Só via uma explicação e sempre a mesma: ele envelhecia. Pensei com irritação: "Que vá chocar sua velhice bem longe!" Eu não iria, com certeza, levantar um dedo para retê-lo.

Concordamos que levasse o carro. Ele passou o dia na garagem, fazendo compras, dando telefonemas. Despediu-se de seus colaboradores. Quase não o vi. Quando entrou no carro, no dia seguinte, trocamos beijos e sorrisos. Encontrei-me na biblioteca, aturdida. Tinha a impressão de que, deixando-me plantada ali, André me punia. Não. Ele apenas quisera livrar-se de mim.

Passado o primeiro espanto, me senti leve. A vida a dois exige decisões. "A que horas faremos a refeição? O que desejaria comer?" Na solidão, os projetos se formulam, os atos se sucedem sem premeditação, é repousante. Eu me levantava tarde, ficava encolhida na mornidão das cobertas, tentando apanhar no voo fiapos de meus sonhos. Lia a correspondência bebendo chá e cantarolando: "Eu passo, eu passo... eu passo... muito bem sem você." Entre minhas horas de trabalho, vadiava.

Esse estado de graça durou três dias. Na tarde do quarto, soaram na porta pancadinhas precipitadas. Uma única pessoa bate assim. Meu coração começou a bater com violência. Perguntei da porta:

— Quem está aí?

— Abra — gritou Philippe. — Apertarei a campainha até você abrir.

Abri com rapidez e logo seus braços me abraçaram, sua cabeça se inclinou no meu ombro.

— Minha pequena, minha querida, eu lhe peço, não me deteste! Não posso viver brigado com você. Eu lhe peço! Amo-a tanto!

Tantas vezes essa voz suplicante dissolveu a minha raiva! Deixei-o entrar na biblioteca. Ele me amava, eu não podia mais duvidar. O que mais podia contar? As velhas palavras vinham-me aos lábios: "Meu menininho!", mas eu as contive. Não se tratava de um menininho.

— Não tente me enternecer. É muito tarde. Você estragou tudo.

— Escute, pode ser que eu tenha errado, que eu tenha agido mal, não sei mais, eu não consigo mais dormir. Mas eu não quero perdê-la, tenha piedade de mim, você me faz tão infeliz!

Lágrimas infantis brilhavam em seus olhos. Mas não era mais uma criança. Um homem, o marido de Irene, um pequeno senhor.

— Seria muito cômodo — disse eu. — Você dá o golpe com doçura, sabendo perfeitamente que cava um fosso entre nós. E quer que eu aceite tudo com um sorriso, e que tudo volte a ser como antes! Não e não.

— Você é verdadeiramente muito dura, radical demais. Há pais e filhos que se amam sem ter as mesmas opiniões políticas.

— Não se trata de uma divergência de opinião. Você vira a casaca por ambição, por carreirismo. É isso que é feio.

— Não é isso. Minhas ideias mudaram! Pode ser que eu seja influenciável, mas é verdade que comecei a ver as coisas de outro ângulo. Juro!

— Então deveria ter me avisado antes. Não fazer suas macaquices às minhas costas e depois me pôr diante do fato consumado. Isso eu não lhe perdoarei nunca!

— Não ousei. Você tem um modo de me olhar que me apavora.

— Você sempre dizia isso e nunca foi uma desculpa.

— Entretanto, você me perdoava. Perdoe-me ainda esta vez. Eu lhe suplico. Não suporto ficar de mal com você.

— Não posso fazer nada. Você agiu de tal modo que não consigo mais estimá-lo.

A tempestade trovejou em seus olhos: eu preferia isso. Sua cólera sustentaria a minha.

— Você tem palavras que me matam. Eu nunca me perguntei se a estimava ou não. Mesmo que você fizesse besteiras, eu não a amaria menos. Para você, é preciso merecer o amor. É verdade, eu me esforcei muito para não desmerecer aos seus olhos. Todos os meus desejos, ser aviador, ou piloto de corridas, ou repórter, a ação, a aventura, você considerava caprichos. Para lhe ser agradável, eu me sacrifiquei. E a primeira vez que não cedo, você rompe comigo.

Eu o interrompi:

— Você está chovendo no molhado. Não quero mais vê-lo porque sua conduta me indigna.

— Ela indigna porque contraria seus projetos. Não ia querer que lhe obedecesse a vida inteira. Você é por demais tirânica. No fundo, você não tem coração, só tem vontade de poder. — Havia raiva e lágrimas em sua voz: — Pois bem, adeus! Despreze-me o quanto quiser. Passarei muito bem sem você.

Ele caminhou para a porta e bateu-a atrás de si. Fiquei de pé no vestíbulo, pensando: vai voltar. Ele voltava sempre. Não teria mais coragem de resistir, choraria com ele. Ao fim de cinco minutos, voltei à biblioteca, sentei-me e chorei sozinha. "Meu menininho..." O que é um adulto? Uma criança ingurgitada de idade. Eu o despojava de sua idade, reencontrava seus 12 anos. Impossível querer-lhe mal. E, entretanto, não. Tratava-se de um homem. Não havia razão para julgá-lo menos severamente do que qualquer outro. Tenho o coração endurecido? Existem pessoas capazes de amar sem estima? Onde começa e acaba a estima? E o amor? Se ele tivesse falhado em sua carreira universitária, se tivesse levado uma vida medíocre, jamais minha ternura lhe faltaria: porque ele teria precisado dela. Se eu me tivesse tornado inútil mas orgulhosa dele, continuaria, alegremente, a amá-lo. Mas, quando ele me escapa, eu o condeno. O que farei com ele?

A tristeza recaiu sobre mim e não mais me deixou. Daquele dia em diante, se me demoro na cama, é que me custa acordar sem o auxílio do mundo e da vida. Hesitava em mergulhar sozinha na monotonia do dia. Uma vez de pé, ficava tentada a voltar para a cama e lá ficar até a noite. Atirava-me ao trabalho, ficava horas seguidas à frente da escrivaninha, alimentando-me de suco de frutas. Quando parava, ao fim da tarde, minha cabeça estava escaldante e meus ossos doíam. Acontecia-me adormecer tão pesadamente no sofá que, ao acordar, experimentava um angustiante estupor: era como se minha consciência, emergindo anonimamente da noite, hesitasse antes de se reencarnar. Ou então era o cenário familiar que eu contemplava com olhos incrédulos: avesso ilusório e cintilante do nada onde mergulhara. Meu olhar se detinha surpreendido sobre os objetos que eu havia trazido dos quatro cantos da Europa. O espaço não conservou o rastro de minhas viagens, minha memória negligencia evocá-las. E as bonecas, os vasos, as bugigangas estão por aí. Um nada me fascinava e obsedava. Encontrar um lenço de seda vermelha ou uma almofada roxa. Quando vi pela última vez brincos-de-princesa, sua batina de bispo e de cardeal, seu sexo longo e frágil? Ou o *volubilis* luminoso, a modesta rosa selvagem? As madressilvas descabeladas? Os narcisos abrindo em sua brancura grandes olhos espantados? Quando? Eles podiam não mais existir no mundo, e eu não o saberia. Nem os nenúfares nos açudes, nem o trigo mourisco nos campos. A terra está ao meu redor como uma vasta hipótese que eu jamais verifico.

Eu me arrancava dessas brumas, descia para a rua, olhava o céu, as casas malcaiadas. Nada me tocava. Luares e crepúsculos, cheiro de primavera molhada, de alcatrão quente, claridade e estações... conheci momentos com puro brilho de diamante, mas sempre sem tê-los procurado. Eles surgiam de surpresa, trégua inesperada, promessa insuspeita, através dos trabalhos que me afligiam; eu os fruía rapidamente, saindo do liceu ou da boca do metrô, na minha varanda entre duas sessões de trabalho, no bulevar, quando me apressava para ir ao encontro de André. Agora, caminhava em Paris, disponível, atenta e gelada de indiferença. O excesso de lazer, concedendo-me o mundo, me impedia de vê-lo. Assim, nas tardes quentes, quando o sol, incidindo nas persianas cerradas, faz brilhar em mim todo o esplendor do estio, ele me cega se eu o afronto em sua tórrida crueza.

Voltava, telefonava para André, ou era ele quem me chamava. Sua mãe estava mais combativa do que nunca, e ele revia velhos colegas, passeava e cuidava do jardim. Sua alegre cordialidade me deprimia. Eu pensava que nos encontraríamos exatamente no mesmo ponto, com aquele muro de silêncio entre os dois. O telefone não reaproxima, confirma as distâncias. Não se é dois, como numa conversa, pois não se vê o outro. E não se está sozinho como diante do papel de cartas, que permite falar a si mesmo falando a outro, procurando e encontrando a verdade. Tive vontade de lhe escrever: mas o quê? A meu aborrecimento se misturava inquietação. Os amigos a quem tinha enviado meu ensaio deveriam ter escrito para falar a respeito. Nenhum o fizera, nem mesmo Martine. Na semana que se seguiu à partida de André, houve de uma só vez um grande número de artigos sobre meu livro. Os de segunda-feira me decepcionaram, os de quarta me irritaram, e os de quinta me aterrorizaram. Os mais severos falavam de repetição fastidiosa, os mais benévolos de interessante colocação do problema. Nenhum havia percebido a originalidade de meu trabalho. Será que eu não soubera destacá-la? Telefonei para Martine. As críticas eram estúpidas, disse-me ela. Não deveria levá-las em conta. Desejava terminar o livro para me dar sua própria opinião. No dia seguinte, viria a Paris. Quando desliguei, estava com a boca amarga. Martine não quisera falar pelo telefone: então seu julgamento era desfavorável. Eu não compreendia. Geralmente não me engano sobre o que faço.

Três semanas tinham se passado desde nosso encontro no parque Montsouris — três semanas que figuravam entre as mais desagradáveis de minha vida. Normalmente ficaria feliz com a ideia de ver Martine. Mas me sentia mais angustiada do que ao esperar o resultado da defesa de tese. Após os rápidos cumprimentos, ataquei:

— Então? O que acha?

Ela me respondeu com frases ponderadas, que eu percebia serem cuidadosamente escolhidas. Esse ensaio era uma excelente síntese, elucidava certos pontos obscuros, esclarecia o que minha obra havia trazido de novo.

— Mas ele de fato trouxe algo novo?

— Esse não é seu objetivo.

— Mas era o meu.

Ela se perturbou, eu insisti e a provoquei. Segundo ela, já tinha aplicado em meus ensaios anteriores os métodos que eu propunha; em muitas passagens, eu os havia nitidamente explicitado. Não, eu não trazia nada de novo. Tratava-se, antes de mais nada, como havia dito Pélissier, de uma sólida equação.

— Quis fazer uma coisa completamente diversa.

Estava ao mesmo tempo aturdida e incrédula, como acontece frequentemente quando uma má notícia nos atinge. A unanimidade do veredicto era acabrunhadora. Entretanto, eu me dizia: "Não posso ter me enganado a esse ponto!"

No jardim onde jantamos, às portas de Paris, fiz um grande esforço para dissimular minha contrariedade. Acabei dizendo:

— Eu me pergunto se a partir dos sessenta anos não estamos condenados a nos repetir.

— Que ideia!

— Pintores, músicos, mesmo filósofos que se superaram na velhice existem muitos. Mas escritores, pode me citar alguns?

— Victor Hugo.

— Tudo bem. Mas que outro? Montesquieu praticamente parou aos 59 anos com *O espírito das leis*, que, entretanto, já havia concebido fazia muito tempo.

— Deve haver casos.

— Mas nenhum lhe vem à cabeça.

— Ora! Você não vai se desencorajar com isso — disse Martine, repreensiva. — Todas as obras têm altos e baixos. Dessa vez, você não realizou completamente o que desejava: terá sua desforra.

— Em geral todos os reveses me estimulam. Dessa vez é diferente.

— Não vejo em quê.

— Por causa da idade. André afirma que os cientistas estão acabados bem antes dos cinquenta anos. Em literatura, talvez também chegue um momento em que só se faz mais do mesmo.

— Em literatura estou certa de que não — disse Martine.

— E quanto às ciências?

— Não sou competente para dizer.

Revi o rosto de André. Teria ele tido o mesmo gênero de decepção que eu? Uma vez? Em definitivo? Ou seguidamente?

— Vocês têm cientistas entre seus amigos. O que eles pensam de André?

— Que é um grande cientista.

— Mas como julgam o que faz agora?

— Ele tem uma equipe excelente. Seus trabalhos são muito importantes.

— Ele diz que todas as novidades vêm de seus colaboradores.

— É bem possível. Parece que é somente na força da idade que os cientistas descobrem. Nas ciências, quase todos os prêmios Nobel são homens jovens.

Suspirei.

— Então André tem razão: ele não descobrirá mais nada.

— Não temos o direito de prejulgar o futuro. — Martine mudou bruscamente de tom. — Afinal, só existem casos particulares. As generalidades não provam nada.

— Gostaria de acreditar. — E mudei a conversa.

Ao se despedir, Martine declarou com ar hesitante:

— Vou retomar seu livro. Eu o li depressa demais.

— Você o leu muito bem e é um fracasso. Mas, como disse, isso não é tão grave.

— De maneira nenhuma. Estou certa de que escreverá ainda muitos livros bons.

Estava quase certa do contrário, mas não quis contradizê-la.

— Você é tão jovem! — acrescentou ela.

Dizem-me isso com frequência e me sinto envaidecida. Mas de repente essa palavra me irritou. É um elogio ambíguo, anunciador de um penoso futuro. Conservar a vitalidade, a alegria, a presença de espírito é ser jovem. Então, o lote da velhice é a rotina, a melancolia, a senilidade. Eu não sou jovem, eu sou bem-conservada, é muito diferente. Bem-conservada e talvez acabada. Tomei soníferos e me deitei.

Acordei num estado curioso: mais febril do que ansiosa. Salvei uma mensagem de ausência no telefone e comecei a reler meu Rousseau e meu Montesquieu. Li dez horas seguidas, interrompendo-me apenas para comer ovos cozidos e uma fatia de presunto. Curiosa experiência: reanimar esses textos nascidos de minha pena e esquecidos. Às vezes eles me interessavam, me espantavam, como se uma outra os houvesse escrito, e entretanto eu reconhecia aquele vocabulário, aqueles cortes de frases, aqueles ataques, aqueles eclipses, aqueles tiques: as páginas estavam impregnadas de mim, era uma intimidade desagradável como o cheiro de um quarto onde se esteve confinado muito tempo. Obriguei-me a sair, a tomar um ar, a jantar no pequeno restaurante ao lado. Uma vez em casa, engoli xícaras de café bem forte e abri meu último ensaio. Ele estava presente em meu espírito e eu sabia de antemão qual seria o resultado daquele confronto. Tudo o que eu tinha a dizer já fora dito em minhas duas monografias. Eu me limitava a repetir de outra forma as ideias que lhes conferiram interesse. Eu me enganei ao imaginar que havia progredido. Além disso, separados do conteúdo singular, ao qual eu os tinha aplicado, meus métodos perdiam um pouco de sua sutileza, sua flexibilidade. Não traziam nada novo: absolutamente nada. E sabia que o segundo volume só prolongaria aquele marcar de passo. Eu havia passado três anos escrevendo um livro inútil. Não apenas falho, como alguns outros, nos quais, por meio de inabilidades e tentativas, eu abria algumas perspectivas. Inútil. Bom para atirar ao fogo.

Não prejulgar o futuro. Fácil de dizer. Eu o via. Ele se estendia diante de mim, a perder de vista, plano e nu. Nenhum projeto, nenhum desejo. Não escreveria mais. Então, o que faria? Que vazio em mim, à minha volta! Inútil. Os gregos chamavam seus velhos de vespões. "Vespão inútil!", diz Hécuba nas *Troianas*. Era o meu caso. Estava aniquilada. Perguntava-me como se consegue viver quando não se espera mais nada de si.

Por amor-próprio, não quis adiantar minha partida e, ao telefone, não disse nada a André. Mas como me pareceram longos os três dias que se seguiram! Discos em cores vivas, volumes apertados nas prateleiras da estante, nem a música nem as frases nada podiam por mim. Antes, esperava deles estímulo ou repouso. Via neles, agora, apenas um divertimento cuja gratuidade me desgostava. Ir a uma exposição? Voltar ao Louvre? Desejava tanto ter tempo para isso quando ele me faltava! Mas, se há dez dias eu só tinha visto em igrejas e castelos pedras empilhadas, seria pior agora. Do quadro ao meu olhar, nada passaria. Só perceberia nas telas cores cuspidas por uma bisnaga e esparramadas com um pincel. Já havia constatado que passear me aborrecia. Meus amigos estavam de férias, e, depois, eu não desejava ouvir suas sinceridades ou suas mentiras. Philippe... com que dor eu o deplorava! Afastava sua imagem. Ela me fazia chorar.

Permaneci, então, em casa, ruminando. Estava muito quente. Mesmo abrindo as cortinas, estava abafado. O tempo estagnava. É terrível

— tenho vontade de dizer que é injusto — que ele possa passar da mesma forma tão veloz e tão lentamente. Eu transpunha a porta do liceu do Bourg, quase tão jovem como as próprias alunas, e olhava apiedada os professores de cabelos grisalhos. E opa! Tornei-me a velha professora, e as portas do liceu se fecharam. Durante anos, minhas classes me deram a ilusão de não mudar de idade: cada ano eu as reencontrava igualmente jovens e esposava essa imobilidade. No oceano do tempo, eu era um rochedo batido por ondas sempre novas e que não se move nem se gasta. E, de repente, o fluxo me arrasta e me arrastará até que eu encalhe na morte. Tragicamente, minha vida se precipita. E, entretanto, ela se escoa neste momento com que lentidão — hora por hora, minuto por minuto! É preciso sempre esperar que o açúcar derreta, que a lembrança se apague, que a ferida cicatrize, que o sol se ponha, que o tédio se dissipe. Estranho corte entre esses dois ritmos. Meus dias me escapavam a galope e em cada um deles eu enlanguescia.

Só me restava uma esperança: André. Mas poderia ele preencher esse vazio em mim? Onde estávamos? E, em primeiro lugar, o que fomos um para o outro ao longo dessa vida que dizem comum? Gostaria de saber sem trapacear. Para isso, seria necessário recapitular nossa história. Sempre me prometi fazê-lo. Tentei. Afundada numa poltrona confortável, olhos no teto, contei a mim mesma os primeiros encontros, nosso casamento, o nascimento de Philippe. Não aprendia nada que já não soubesse. Que pobreza! "O deserto do passado", disse Chateaubriand. Ele tem razão, infelizmente! Tinha imaginado que minha vida, em retrospecto, era uma paisagem na qual eu poderia passear à vontade, descobrindo pouco a pouco seus meandros e suas voltas. Não. Sou capaz de recitar nomes e datas, como um aluno repete uma lição bem decorada sobre um assunto que não conhece. E de longe em longe ressuscitam imagens mutiladas, empalidecidas, tão abstratas como aquelas de minha velha história da França. Recortam-se, arbitrariamente, sobre um fundo branco. O rosto de André não muda nunca através dessas evocações. Parei. O que era preciso era refletir. Ele me amou como eu o amava? No início, creio que sim, ou melhor, o problema não se propunha a nenhum dos dois, tão bem nos entendíamos. Mas, quando seu trabalho cessou de satisfazê-lo, teria percebido que nosso amor não lhe bastava? Ficara decepcionado? Creio que ele me considera uma invariável cujo desaparecimento o desconcertaria, mas que não poderia modificar em nada seu destino, pois a grande partida se travava em outro lugar. Então, mesmo a minha compreensão não lhe trará grande coisa. Outra mulher conseguiria lhe dar mais? Quem tinha erguido a barreira entre nós? Ele, eu, nós dois? Havia chance de destruí-la? Estava cansada de perguntas. As palavras se decompunham em minha cabeça: amor, harmonia, desacordo eram ruídos despojados de sentido. Teriam jamais tido um? Quando tomei o Mistral, no início de uma tarde, não sabia, absolutamente, o que me esperava.

Ele me aguardava na plataforma da estação. Depois de tantas imagens e palavras e aquela voz desencarnada, a evidência brusca de sua presença! Queimado de sol, mais magro, com os cabelos cortados recentemente, usando uma calça de linho e uma camisa esporte de mangas curtas, estava um pouco diferente do André que eu deixara, mas era ele. Minha alegria não poderia ser falsa, não se podia aniquilar em alguns instantes. Ou podia? Ele teve gestos afetuosos para me instalar no carro e sorrisos cheios de gentileza enquanto rodávamos em direção a Villeneuve. Mas nós estamos tão habituados a nos falar amavelmente que nem os gestos nem os sorrisos significavam grande coisa. Estaria verdadeiramente contente por me rever?

Manette pôs sua mão seca no meu ombro, deu um beijo rápido em minha testa: "Bom dia, minha menininha!" Quando ela morrer, ninguém mais me chamará de "minha menininha". É difícil imaginar que eu seja 15 anos mais nova quando a vemos pela primeira vez. Aos 45 anos, me parecia tão velha quanto hoje.

Sentei-me no jardim com André. As rosas castigadas pelo sol exalavam um odor pungente como um queixume. Disse-lhe:

— Você remoçou.

— É a vida campestre! E você, como vai?

— Fisicamente, bem. Mas você viu as minhas críticas?

— Algumas.

— Por que não me preveniu que meu livro não valia nada?

— Você está exagerando. Ele é menos diferente dos outros do que você pensava. Mas está cheio de coisas interessantes.

— Mas não o interessou muito.

— Oh! Eu... Nada mais me atrai. Não há pior leitor do que eu.

— A própria Martine o julga severamente e, pensando bem, eu também.

— Você tentou algo muito difícil. Mas suponho que, agora, esteja vendo com clareza; você se realizará no segundo volume.

— Não, infelizmente! É a própria concepção do livro que está errada. O segundo volume seria tão ruim quanto o primeiro. Vou desistir.

— É uma decisão apressada. Deixe-me ler seu manuscrito.

— Não o trouxe. Eu *sei* que está ruim, acredite.

Ele me encarou com perplexidade. Não desanimo facilmente, e ele sabe disso.

— O que vai fazer então?

— Nada. Acreditava ter pano para manga por dois anos. Bruscamente, é o vazio.

Ele pôs a mão sobre a minha:

— Compreendo que esteja aborrecida. Mas não se castigue demais. Nesse momento, é forçosamente o vazio. E de repente, um dia, uma ideia virá...

— Veja como se é otimista quando se trata do outro.

Ele insistiu. Estava no seu papel. Citou autores dos quais seria interessante falar. Mas recomeçar meu Rousseau, meu Montesquieu, para quê? Gostaria de ter achado um ângulo novo; mas não o encontrei. Lembrei-me de coisas que André me havia dito. Aquelas resistências de que tinha me falado, eu as encontrava em mim. Minha maneira de abordar os problemas, meus hábitos mentais, minhas perspectivas, meus pressupostos eram eu própria e não imaginava mudar. Minha obra estava parada, acabada. Minha vaidade não estava atingida. Se eu morresse naquela noite, julgaria que me realizara na vida. Mas estava assustada com esse deserto por meio do qual me arrastaria até que a morte chegasse. Durante o jantar, custou-me parecer contente. Felizmente, Manette e André discutiram apaixonadamente a respeito das relações sino-soviéticas.

Subi para me deitar cedo. Meu quarto cheirava a lavanda, a tomilho e a pinheiro silvestre: parecia-me tê-lo deixado na véspera. Um ano já! Cada ano passa mais rápido que o precedente. Não terei de esperar muito até adormecer para sempre. Todavia, sabia como as horas podem se arrastar lentamente. E ainda amo bastante a vida para que a ideia da morte me console. No silêncio do campo, apesar de tudo, dormi um sono apaziguador.

— Você quer passear? — indagou André na manhã seguinte.

— Claro.

— Vou lhe mostrar um belo recanto que redescobri. À margem do Gard. Pegue uma roupa de banho.
— Eu não trouxe.
— Manette lhe emprestará. Você vai ver. Ficará tentada.

Seguimos de carro por estreitas estradas poeirentas. André falava com volubilidade. Havia muitos anos que ele não passava aqui uma temporada tão longa. Tinha tido tempo para explorar de novo a região, para rever seus amigos de infância: decididamente, parecia muito mais jovem e mais alegre do que em Paris. Era visível que eu absolutamente não lhe fizera falta. Durante quanto tempo prescindiria ele, alegremente, de mim?

Parou o carro.

— Está vendo aquela mancha verde lá embaixo? É o Gard. Ele forma uma espécie de bacia, é ideal para o banho e o lugar é encantador.
— Puxa, é um bocado de caminho. Será preciso subir depois.
— Não é muito cansativo, já fiz isso muitas vezes.

Ele desceu a rampa, muito depressa, com passo seguro. Eu o seguia de longe, freando e tropeçando um pouco: uma queda, uma fratura na minha idade não seria nada engraçado. Eu podia subir depressa, mas jamais fui boa nas descidas.

— Não é bonito?
— Muito bonito.

Sentei-me à sombra de uma rocha. Para me banhar, não. Eu nado mal. E, mesmo diante de André, não gosto de me exibir de roupa de banho. Um corpo de velho, apesar de tudo, é menos feio que um corpo de velha, disse a mim mesma, olhando-o patinhar na água. Água verde, céu azul, cheiro de brejo: eu teria ficado melhor aqui do que em Paris. Se ao menos ele tivesse insistido, eu teria vindo antes; mas foi justamente isso que ele não quis.

Sentou-se ao meu lado sobre o cascalho.

— Você fez mal. Estava formidável!
— Fiquei muito bem aqui.
— O que achou da mamãe? Ela está extraordinária, hein?
— Extraordinária. O que ela faz o dia inteiro?
— Lê muito, escuta rádio. Eu lhe propus comprar uma televisão, mas ela recusou. Disse: "Eu não deixo entrar qualquer um em minha casa." Cuida do jardim. Vai às reuniões de sua célula. Como ela própria diz, jamais se aborrece.

— Em suma, é o melhor período de sua vida.

— Certamente. É um dos casos em que a velhice é uma idade feliz: quando se levou uma vida dura e mais ou menos devorada pelos outros.

Quando começamos a subir, estava muito calor. O caminho era muito mais longo, muito mais árduo do que André havia dito. Ele caminhava a passos largos, e eu, que subia tão alerta antigamente, me arrastava, muito atrás dele. Era vergonhoso. O sol me verrumava as têmporas, a agonia estridente das cigarras amorosas me lancinava os ouvidos. Eu estava ofegante.

— Você anda muito depressa — disse.

— Não tenha pressa. Eu espero lá em cima.

Parei suando. Tornei a andar. Não mandava mais no meu coração, no meu fôlego. Minhas pernas quase não me obedeciam; a luz me incomodava os olhos; o canto de amor e de morte das cigarras, a monotonia obstinada me dava nos nervos. Cheguei até o carro com o rosto e a cabeça em fogo, parecia que ia ter uma congestão.

— Estou morta.

— Deveria ter subido mais lentamente.

— Esses seus atalhos fáceis...

Voltamos em silêncio. Estava errada em me irritar por uma bobagem. Sempre fui zangada. Ia me tornar rabugenta? Precisava prestar atenção. Mas não conseguia vencer meu despeito. E me sentia tão mal que cheguei a temer uma insolação. Comi dois tomates e fui descansar no quarto, onde a sombra, as lajotas, a brancura das cobertas davam uma falsa impressão de frescor. Fechei os olhos, escutei no silêncio o tique-taque de um pêndulo. Tinha dito a André: "Não vejo o que se perde envelhecendo." Pois bem! Agora, eu via. Tinha recusado sempre encarar a vida à maneira de Fitzgerald, como "um processo de degradação". Acreditava que minhas relações com André nunca se alterariam, que minha obra não pararia de se enriquecer, que Philippe pareceria cada vez mais com o homem que eu quisera fazer dele. Não me preocupava com meu corpo. E acreditava que mesmo o silêncio produzia seus frutos. Que ilusão! A palavra de Sainte-Beuve é mais verdadeira que a de Valéry: "Endurecemos em alguns lugares, apodrecemos em outros, não amadurecemos nunca." Meu corpo me abandonava. Não era mais capaz de escrever. Philippe traíra todas as minhas esperanças, e o que me entristecia ainda mais é que entre mim e André as coisas estavam se deteriorando. Que engano, aquele progresso, aquela ascensão que me embriagaram, pois que chega o momento da derrocada! Ele já começara. E agora seria muito rápido e muito lento: nós nos tornaríamos velhos, velhos.

Quando desci, o calor havia arrefecido. Manette lia junto de uma janela que dava para o jardim. A idade não a havia diminuído, mas o que se passava em seu interior? Penaria na morte? Com resignação, com medo? Não ousava lhe perguntar.

— André foi jogar bocha, ele já volta — disse-me ela.

Sentei-me à sua frente. De qualquer modo, se eu atingisse oitenta anos, não me pareceria com ela. Não me imaginava chamando de liberdade a minha solidão e aproveitando, tranquilamente, cada instante. A mim, a vida iria tomando, pouco a pouco, tudo o que tinha me dado: já havia começado.

— Então, Philippe abandonou o ensino; não basta para ele; deseja tornar-se importante.

— Infelizmente, é isso mesmo.

— Essa mocidade não crê em nada. É preciso dizer que vocês dois tampouco acreditam em grande coisa...

— André e eu? Claro que sim.

— André é contra tudo. É esse o problema. É por isso que Philippe deu no que deu. É preciso crer em alguma coisa.

Ela nunca se resignou com o fato de André não ter se inscrito no Partido. Eu não tinha vontade de discutir, contei o passeio da manhã e perguntei:

— Onde a senhora guardou os retratos?

É um ritual. Todos os anos eu olho o velho álbum. Mas ele nunca está no mesmo lugar.

Ela o pôs sobre a mesa junto com uma caixa de papelão. Há poucas fotografias muito antigas. Manette no dia do casamento, com um austero vestido comprido. Um grupo: ela e seu marido, seus irmãos e irmãs, toda uma geração da qual é a única sobrevivente. André criança, com uma cara emburrada e decidida. Renée com vinte anos entre seus dois irmãos. Pensamos que não nos consolaríamos nunca de sua morte: 24 anos e esperava tanto da vida! O que teria obtido? Como suportaria a idade chegando? Como chorei naquele primeiro encontro com a morte! Pouco a pouco, chorei cada vez menos: meus pais, meu cunhado, meu sogro, os amigos. Também é isso envelhecer. Tantos mortos atrás de si, lamentados, esquecidos. De repente, quando leio o jornal, descubro uma nova morte: um escritor querido, uma colega, um antigo colaborador de André, um de nossos camaradas políticos, um amigo com quem perdemos o contato. Quando se fica como Manette, única testemunha de um mundo abolido, deve-se sentir bizarra.

— Você está olhando as fotos?

André se inclinou sobre meu ombro. Ele folheou o álbum e me mostrou um retrato seu aos 11 anos com os colegas de classe.

— Mais da metade já morreu — disse. — Aquele lá, Pedro, eu o revi. O outro também. E Paulo, que não está na foto. Fazia uns vinte anos que não nos encontrávamos. Quase não os reconheci. Não parece que têm a minha idade: tornaram-se verdadeiros anciãos. Bem menos conservados que Manette. Foi um golpe.

— Pela vida que levaram?

— É. Ser camponês por essas bandas acaba com um homem.

— Você se sentiu jovem comparando-se com eles?

— Jovem não. Mas sordidamente privilegiado.

Fechou o álbum.

— Vou levá-la para tomar um aperitivo em Villeneuve.

— Está bem.

No carro, falou-me das partidas de bocha que acabara de ganhar. Tinha feito grandes progressos desde sua chegada. Parecia de excelente humor, meus aborrecimentos não o haviam alterado, constatei com um pouco de amargura. Parou o carro junto a um terreno baldio cheio de guarda-sóis azuis e laranja, sob os quais pessoas bebiam pastis. Um perfume de anis flutuava no ar. Ele pediu uma bebida para nós. Seguiu-se um longo silêncio.

— É alegre este lugarejo.

— Muito alegre.

— Diz isso com ar lúgubre. Tem saudades de Paris?

— Oh, não! Pouco me incomoda, neste momento, com os lugares.

— Com as pessoas também, tenho a impressão.

— Por que diz isso?

— Você não está nada falante.

— Desculpe-me. Não estou nada bem. Peguei sol demais de manhã.

— Geralmente você aguenta bem.

— Estou envelhecendo.

Minha voz não era nada amável. O que esperava de André? Um milagre? Um golpe de varinha mágica que tornasse meu livro bom, as críticas favoráveis? Ou que perto dele meu fracasso se tornasse indiferente? Ele já tinha feito para mim pequenos milagres. No tempo em que vivia voltado para o futuro, seu ardor me contagiava. Dava-me segurança e confiança. Perdera esse poder. Mesmo que tivesse conservado a fé em seu próprio destino, isso não seria suficiente para me tranquilizar quanto ao meu. Tirou do bolso uma carta:

— Philippe me escreveu.

— Como sabia onde você estava?

— Eu lhe telefonei no dia de minha partida para me despedir. Contou-me que você lhe bateu a porta na cara.

— Sim, e não me arrependo. Não posso querer bem quem não estimo.

André me encarou:

— Não sei se você está agindo de boa-fé.

— Como assim?

— Você se coloca num plano moral quando é antes no plano afetivo que se sente traída.

— É nos dois.

Traída, abandonada, sim; uma ferida ainda aberta para que eu suporte falar nela. Novo silêncio. Será que ele ia se estabelecer definitivamente entre nós? Um casal que continuava porque havia começado, sem outra razão: era nisso que estávamos nos tornando? Passar ainda 15, vinte anos sem queixas maiores, sem animosidade, mas cada um para seu lado, atirado em seu problema, ruminando seu fracasso pessoal, toda palavra tornada vã? Começávamos a viver com dificuldade. Em Paris eu estava alegre, ele sombrio. Agora, eu lhe queria mal por estar contente enquanto estava aborrecida. Fiz um esforço:

— Daqui a três dias estaremos na Itália. Está contente?

— Se você estiver...

— Agrada-me o que lhe agradar.

— Por que você, na verdade, pouco se importa com os lugares?

— Geralmente, você não se importa também.

Não respondeu nada. Alguma coisa soava mal em nosso diálogo: cada um entendia atravessado o outro. Sairíamos disso? Por que amanhã e não hoje, em Roma e não aqui?

— Pois bem! Vamos voltar — disse eu, depois de um momento.

Matamos o tempo de noite jogando cartas com Manette.

No dia seguinte, recusei enfrentar o sol e o canto das cigarras. Para quê? Sabia que, diante do palácio dos Papas, da ponte do Gard, ficaria tão indiferente como em Champeaux. Aleguei dor de cabeça para ficar em casa. André tinha trazido uma dezena de livros novos e mergulhou num deles. Eu, que estou sempre a par de tudo, já os conhecia. Examinei a biblioteca de Manette. Alguns clássicos da Garnier, outros da Plêiades, presentes nossos. Alguns desses textos eu não tivera chance de reler e os havia esquecido. Entretanto, tinha preguiça. Numa releitura, vai se relembrando aos poucos ou pelo menos se tem essa ilusão. O primeiro frescor já foi perdido. O que poderiam me trazer aqueles escritores que haviam feito o que eu era e não deixaria mais de ser? Abri e folheei alguns volumes. Tinham todos um gosto quase tão enfadonho como o dos meus próprios livros: um gosto de pó.

Manette levantou os olhos de seu jornal:

— Começo a acreditar que verei com meus próprios olhos os homens na Lua.

— Com os seus olhos? Você estará lá? — indagou André, rindo.

— Você me compreende muito bem. Saberei que eles estão lá. E serão russos, meu filho. Os ianques e seu oxigênio puro foram passados para trás.

— Sim, mamãe, você verá os russos na Lua — disse André com ternura.

— E pensar que começamos nas cavernas, tendo somente nossos dez dedos a nosso serviço — continuou Manette, sonhadora. — E chegar aonde chegamos! Confesse que é encorajador!

— É verdade que a história da humanidade é bela — disse André —, e é pena que a dos homens seja tão triste.

— Não será sempre. Se os chineses não fizerem explodir a Terra, nossos netos conhecerão o socialismo. Viveria de bom grado mais cinquenta anos para ver isso.

— Que saúde! — começou André. — Você compreendeu? Ela se hipotecaria por cinquenta anos.

— Você não, meu filho?

— Não, mamãe, francamente não. A história segue caminhos tão estranhos que mal tenho a impressão de que me dizem respeito. Sinto-me no pelourinho. Daqui a cinquenta anos então!...

— Eu sei. Você não acredita mais em nada — repreendeu Manette.

— Não é bem verdade.

— No que acredita?

— No sofrimento das criaturas, e que ele é abominável. É preciso fazer tudo para suprimi-lo. Para dizer a verdade, nada mais me parece importante.

— Então — perguntei —, por que não a bomba, por que não o Nada? Que tudo exploda e se acabe.

— Às vezes, fica-se tentado a desejar isso. Mas prefiro sonhar que poderia haver vida sem dor.

— Vida para se fazer com ela alguma coisa — disse Manette com ar combativo.

O tom de André me comoveu. Ele não era tão despreocupado quanto parecia. "E é pena que a dos homens seja tão triste." Com que voz dissera isso! Olhei-o e tive um tal impulso para ele que, de repente, uma certeza me invadiu: jamais seríamos dois estranhos. Um dia desses, talvez amanhã, nós nos reencontraríamos, pois meu coração já o havia encontrado. Depois do jantar, fui eu quem propôs sair. Subimos lentamente até o forte Santo André. Perguntei:

— Você pensa mesmo que nada mais conta a não ser suprimir o sofrimento?

— E o que nos resta?

— Isso não é muito alegre.

— Não. Sobretudo porque não sabemos como combatê-lo. — Ficou em silêncio por instantes. — Mamãe não tem razão quando diz que não cremos em nada. Mas praticamente nenhuma causa é inteiramente a nossa: não somos pela U.R.S.S. e seus compromissos; também não pela China; na França, nem pelo regime nem por nenhum dos partidos da oposição.

— Não é uma situação confortável — disse eu.

— Isso explica um pouco a atitude de Philippe: ser contra tudo aos trinta anos não tem nada de exaltante.

— Aos sessenta também não. Mas não é motivo para renegar suas ideias.

— Eram verdadeiramente ideias *dele*?

— O que quer dizer?

— Oh! É claro, as grandes injustiças, as grandes bandalheiras, isso o revolta. Mas nunca foi muito politizado. Adotou nossas opiniões porque não podia fazer outra coisa: via o mundo pelos nossos olhos. Mas até que ponto estava convencido?

— E os riscos que correu durante a guerra da Argélia?

— Essa guerra o revoltava profundamente. E depois os transportes de fundos, os manifestos eram ação e aventura. Isso não prova que ele tenha sido profundamente de esquerda.
— Estranha maneira de defender Philippe, demolindo-o!
— Não. Eu não o estou demolindo. Quanto mais reflito, mais encontro desculpas para ele. Eu calculo o peso que tivemos sobre ele. Tudo terminou com a necessidade de se afirmar contra nós a todo custo. Além disso, você fala da Argélia: ele ficou profundamente decepcionado. Nenhum dos caras pelos quais se arriscou lhe deu sinal de vida. E o grande homem lá é De Gaulle.

Nós nos sentamos na relva, ao pé do forte. Eu escutava a voz de André, calma e convincente. Novamente podíamos falar e alguma coisa se desatou em mim. Pela primeira vez pensei em Philippe sem cólera. Sem alegria também, mas com tranquilidade. Talvez porque André estivesse de repente tão próximo que a imagem de Philippe se esfumava.

— Pesamos sobre ele, sim — disse eu com boa vontade. Perguntei:
— Você acha que eu devo revê-lo?
— Ele ficaria muito triste se vocês continuassem brigados. De que lhe serviria?
— Não quero causar-lhe tristeza. Sinto-me seca, eis tudo.
— Oh! Claro, nunca mais será a mesma coisa entre ele e nós.

Olhei para André: entre mim e ele, parecia-me que tudo já estava igual. A lua brilhava assim como a pequenina estrela que a acompanha fielmente, e uma grande paz desceu em mim:

Etoilette je te vois — Que la lune trait à soi.[5]

Encontrava na ponta da língua as velhas palavras, tais como haviam sido escritas. Elas me ligavam aos séculos passados, quando os astros brilhavam exatamente como hoje. E esse renascimento e essa permanência me davam uma impressão de eternidade. A terra me parecia fresca como no início do mundo, e aquele instante se bastava. Eu estava ali, olhava a nossos pés os telhados banhados de luar, sem motivo, pelo prazer de vê-los. Esse desinteresse tinha um encanto pungente.

— Eis o privilégio da literatura — disse eu. — As figuras se deformam, empalidecem. As palavras, nós as levamos conosco.
— Por que está pensando nisso?

---

[5] "Estrelinha eu te vejo — Que a luz da lua cuide de si" (em tradução livre). (N.T.)

Eu citei os dois versos de *Aucassin et Nicolette*. Acrescentei com pesar:
— Como as noites são belas aqui!
— É mesmo. Pena que você não pôde ter vindo antes.
Sobressaltei-me:
— Foi pena! Mas você não queria que eu viesse!
— Eu? Essa não! Foi você quem recusou. Quando lhe disse: "Por que não partir já para Villeneuve?", você me respondeu: "Boa ideia. Vá logo."
— Não foi assim. Você disse, eu me lembro, textualmente: "O que eu desejava era ir a Villeneuve." Estava farto de mim, tudo o que mais desejava era me ver pelas costas.
— Está louca! Eu queria, evidentemente, dizer: tenho vontade de irmos os dois juntos para Villeneuve. E você me respondeu: "Vá logo", com uma voz que me esfriou. Ainda assim, insisti.
— Oh! Falou por falar. Esperava mesmo é que eu recusasse.
— Não. Absolutamente!
Parecia tão sincero que comecei a duvidar. Será que tinha me enganado? A cena estava fixada na minha memória, não podia mudá-la. Mas estava certa de que ele não mentia.
— Que bobagem! — disse eu. — Levei um choque quando vi que você estava decidido a partir sem mim.
— Que tolice — disse André. — Eu me pergunto por que acreditou nisso!
Refleti:
— Eu desconfiava de você.
— Porque eu tinha mentido para você?
— Há algum tempo que você me parecia mudado.
— Em quê?
— Você estava dando uma de velho.
— Mas estou velho. Você mesma me disse ontem: estou envelhecendo.
— Mas você ia à deriva. De várias formas.
— Por exemplo?
— Tinha tiques: essa mania de esfregar a gengiva.
— Ah, isso...
— O quê?
— Meu maxilar está infeccionado aí: se ficar mais sério, minha ponte cederá, precisarei usar dentadura. Pode imaginar?

Posso, e perfeitamente. Em muitos pesadelos, às vezes, todos os dentes caem da minha boca e é a decrepitude que, de um golpe, me abate. Uma dentadura...

— Por que não me disse nada?

— Há aborrecimentos que a gente esconde.

— Talvez sem razão. É assim que se chega aos mal-entendidos.

— Talvez. — Levantou-se. — Venha, nós vamos nos resfriar.

Levantei-me também. Descemos lentamente o declive arborizado.

— Apesar de tudo, você tinha um pouco de razão ao dizer que eu representava. Eu me conformava. Quando vi todos esses caras tão mais decadentes que eu aceitando as coisas como elas vêm, sem fazer história, fiquei mais estimulado e decidi reagir.

— Ah! Então era isso? Pensei que fosse minha ausência que lhe devolveu o bom humor.

— Que ideia! Ao contrário, foi muito por sua causa que eu reagi. Não quero ser um velho chato. Velho, tudo bem, chato não.

Tomei-lhe o braço, apertei-o contra o meu. Encontrei o André que jamais perdera e jamais perderia. Entramos no jardim, sentamos num banco, ao pé de um cipreste. A lua e a sua estrelinha brilhavam acima da casa.

— Apesar de tudo, é verdade que isso de velhice existe — confessei —, e não é engraçado dizer que se está no fim.

Ele pôs sua mão sobre a minha:

— Não diga isso. Acho que sei por que você frustrou seu ensaio. Partiu de uma ambição vazia: inovar, ultrapassar-se. Isso não se perdoa. Compreender e fazer compreender Rousseau, Montesquieu, isso era um projeto concreto, que a levou longe. Se de novo se apegar, pode fazer ainda um bom trabalho.

— Resumidamente, minha obra ficará no que ela é: eu vi meus limites.

— De um ponto de vista narcisista, você não tem grande coisa a ganhar, é verdade. Mas poderá ainda interessar os leitores, enriquecê-los, fazê-los refletir.

— Esperemos.

— Tomei uma decisão. Trabalho mais um ano e paro tudo. Volto ao estudo, recupero meu atraso, preencho minhas lacunas.

— Você acha que depois prosseguirá melhor o caminho?

— Não. Mas existem coisas que eu ignoro e que desejo saber. Só por saber.

— Isso lhe bastará?

— Durante algum tempo, pelo menos. Não olhemos muito longe.

— Você tem razão.

Sempre olháramos muito longe. Seria necessário agora aprender a viver o dia a dia? Estávamos sentados lado a lado sob as estrelas, tocados pelo aroma do cipreste, nossas mãos se encontravam; o tempo havia parado um instante. Ia continuar a correr. E então? Sim ou não, eu poderia ainda trabalhar? Minha raiva contra Philippe se dissiparia? A angústia de envelhecer me retomaria? Não olhar muito longe. Longe seriam os horrores da morte e dos adeuses. Seriam a dentadura, a ciática, as enfermidades, a esterilidade mental, a solidão em um mundo estranho que não compreenderíamos mais e que prosseguiria seu curso sem nós. Conseguiria não levantar os olhos para esses horizontes? Quando aprenderia a percebê-los sem pavor? Estamos juntos, temos sorte. Nós nos auxiliaremos a viver essa derradeira aventura sem volta. Isso a tornará tolerável? Não sei. Esperemos. Não temos escolha.

Monólogo

Ela se vinga com o monólogo.
Flaubert

Imbecis! Puxei as cortinas a claridade idiota dos lampiões e das árvores de Natal não entra no apartamento, mas os ruídos atravessam as paredes. Os motores os freios e eis que se põem agora a buzinar como se fossem os maiorais ao volante dos seus Peugeot 404 de suas famílias de seus carros semiesporte sem valor de seus Dauphines de araque de seus conversíveis brancos. Um conversível branco com estofamento preto é chique e os caras assobiavam quando eu passava, óculos de gatinho no nariz, um lenço Hermès na cabeça e agora eles acham que me deixam de boca aberta com seus calhambeques mal-lavados e com o estardalhaço de suas buzinas! Se eles se espatifassem bem embaixo das minhas janelas isso sim me divertiria. Calhordas eles me arrebentam os tímpanos e eu não tenho mais bolas de cera Quiès as duas últimas estão prendendo a campainha do telefone estão uma nojeira e eu prefiro mil vezes aguentar a zoeira a ouvir o telefone não tocar. Acabar com esta barulheira com este silêncio: dormir. E eu não vou pregar o olho ontem não consegui me horrorizava a ideia de ser véspera de hoje. Tomei tanto remédio para dormir que não faz mais efeito e aquele médico é um sádico, pois receita para mim supositórios eu não posso me entupir com eles como quem coloca buchas num canhão. Tenho que descansar é preciso quero ter minha chance amanhã com Tristan; e nada de lágrimas nada de lamentações. "É anormal essa situação. Mesmo do ponto de vista da grana que desperdício! Uma criança precisa de sua mãe." Vou passar mais uma noite em claro e amanhã estarei com os nervos em frangalhos vai dar tudo errado! Calhordas! Estão correndo na minha cabeça eu vejo e ouço todos eles. Empaturram-se com patê de má qualidade e peru queimado lambem os beiços. Albert e dona Nanard Etiennette os pirralhos deles minha mãe; não é normal que meu próprio irmão minha própria mãe prefiram meu ex-marido a mim. Não ligo a mínima para o que eles pensam só não quero que me impeçam de dormir; a gente fica maluca confessa tudo a verdade e a mentira eles que não contem com isso sou de natureza forte eles não vão me vencer.

Que chatice as festas deles; já é uma droga nos outros dias! Sempre detestei o Natal a Páscoa o 14 de Julho. Papai encarapitava Nanard nos ombros para que ele visse os fogos de artifício e eu a mais velha ficava no chão imprensada entre os corpos dos dois bem na altura do sexo deles exposta ao cheiro de sexo daquela multidão no cio e mamãe dizia "ela não para de choramingar" eles me enfiavam um sorvete nas mãos eu não ligava a mínima jogava fora eles suspiravam não podiam me dar uma bofetada numa noite de 14 de Julho. Ele não tocava em mim eu era sua predileta: "Menina danada." Mas quando ele esticou as canelas ela perdeu a cerimônia me tacava a mão na cara. Nunca dei uma bofetada em Sylvie. Nanard era o rei. Ela o levava para a cama dela de manhã e eu ouvia os dois fazendo cócegas um no outro ele diz que é mentira que eu não presto é claro ele não vai admitir eles não admitem nunca pode ser até que ele tenha esquecido para esquecer o que lhes desagrada eles são sabidos mas eu os chateio porque eu lembro; ela não parava de andar por aquela porcaria de quarto quase pelada com seu penhoar de seda branca manchado e cheio de buracos de queimaduras de cigarro ele se grudava às coxas dela embrulha o estômago ver as mães com seus machinhos e eu tinha que ser como eles mas isso não! Eu queria crianças direitas crianças limpas e que Francis não se tornasse um veado como Nanard. Nanard mesmo com seus cinco filhos é uma bicha a mim ele não engana é preciso detestar as mulheres para se casar com um bagulho daqueles.

Nunca que acaba. Quantos são? Centenas de milhares nas ruas de Paris. É a mesma coisa em todas as cidades do planeta; três bilhões e só ficará pior; como se já não houvesse famintos demais eles se multiplicam cada vez mais; até o céu está infestado deles daqui a pouco eles vão se atropelar no espaço como nas autoestradas e a gente não vai poder mais olhar a lua sem pensar que esses imbecis estão lá tagarelando. Eu gostava da lua ela se parecia comigo; e eles a sujaram como sujam tudo eram horríveis aquelas fotos; uma pobre coisa poeirenta e acinzentada que qualquer um agora poderá pisotear.

Eu era limpa pura intransigente. Sou assim desde criança trago isso no sangue: não trapacear. Parece que estou vendo aquela garota engraçada de vestidinho amarrotado mamãe cuidava muito mal de mim e uma dondoquinha que sussurra: "Então, você gosta do seu maninho?" E eu respondia com toda a calma: "Detesto ele." O frio; os olhos de mamãe. Que eu sentisse ciúmes era normal todos os livros dizem isso; o surpreendente o que me agrada é que eu admitisse isso. Nada de concessões nada de fingimento: eu me vejo naquela menina. Sou íntegra sou verdadeira não faço jogo; isso os faz espumar de raiva não gostam que se veja claro neles querem que se acredite em suas belas palavras ou ao menos que se finja acreditar.

Eis uma de suas hipocrisias: as correrias na escada os risos as vozes maravilhadas. Qual o sentido de se ficar deslumbrado em data fixa em hora fixa porque mudou o calendário? Toda a minha vida isso me enojou esse gênero de histeria. Eu deveria contar a minha vida. Tantas mulheres fazem isso mandam imprimir fala-se delas elas se pavoneiam e o meu livro seria mais interessante do que suas imbecilidades; eu sofri mas vivi sem mentira sem afetação; que raiva teriam ao ver meu nome e minha fotografia nas vitrines e então o mundo saberia a verdade verdadeira. Eu teria uma porção de homens aos meus pés eles são tão esnobes a pior bruxa se é famosa eles se atiram sobre ela. Talvez eu encontrasse um que soubesse me amar.

Meu pai me amava. Ninguém mais. Tudo começou aí. Albert só pensava em dar o fora e eu o amava com um amor desvairado pobre louca. O que eu sofri jovem e íntegra como eu era! Não é à toa que faço tolices; era talvez um golpe planejado quem é que me prova que ele não conhecia Olivier? Um conchavo sujo que me destruiu.

Isso já era esperado eles dançam sobre a minha cabeça. Então a noite está perdida amanhã estarei em pedaços e terei de me dopar para ver Tristan e será um desastre. Isso não pode acontecer! Calhordas! Eu só tenho isso na vida o sono. Calhordas. Eles têm o direito de me arrebentar os ouvidos e de me pisotear e se aproveitam. "A chata aí de baixo não pode reclamar é dia de Ano-Novo." Riam eu encontrarei um meio de aporrinhar vocês a chata vai chateá-los eu nunca me deixei pisotear. Albert ficava uma fera: "Não precisa fazer um escândalo!" Preciso e com razão! Albert dançava com Nina apertadinho ela empinava os grandes seios fedia a perfume mas sentia-se por baixo um cheiro de bidê e ele que se remexia todo ficava de pau duro. Já fiz muito escândalo em minha vida. Continuei sendo aquela menina que respondia: "Detesto ele" franca intrépida íntegra.

Eles vão arrebentar o teto e despencar em cima de mim. Eu vejo todos eles daqui é nojento demais se esfregam um contra o outro sexo com sexo isso faz molhar as mulheres que se pavoneiam porque o sujeito está de pau duro. Cada um deles se prepara para cornear seu melhor amigo sua mais querida amiga eles farão isso esta noite no banheiro sem nem deitar o vestido arregaçado acima das nádegas suadas quando forem mijar vão pisar no esperma como aconteceu na casa de Rose na noite do meu escândalo. É possível que acabe em bacanal o casal aí de cima é de cinquentões nessa idade precisam de sacanagens para trepar. Tenho certeza de que Albert e sua parceira fazem uma bacanal Christine tem cara de pau para fazer de tudo com ela ele não deve ficar constrangido. Pobre coitada que eu era aos vinte anos ingênua demais pudica demais. Era comovente aquele embaraço eu merecia muito bem que alguém me amasse. Ah! como me frustrei a vida foi cruel comigo.

Merda estou morrendo de sede estou com fome mas levantar da poltrona e ir à cozinha isso me mata. Está gelado nesse buraco mas se eu ligar a calefação aí mesmo é que o ar vai ficar completamente seco e não tenho mais saliva na boca meu nariz está queimando. Que droga essa civilização. Capaz de sujar a lua mas não de esquentar um apartamento. Se fossem espertos inventariam robôs que me trariam um suco de fruta quando eu tivesse vontade que cuidariam da casa sem que eu fosse obrigada a tratá-los com polidez e escutar sua conversa fiada.

Mariette não vem amanhã tanto melhor estou farta de ouvi-la falar sobre o câncer de seu pai velho. Essa aí eu coloquei na linha ela fica mais ou menos no seu lugar. Tem umas que calçam luvas de borracha para lavar a louça e bancam a madame isso eu não suporto. Também não quero que sejam porcas que eu ache cabelos na salada e marcas de dedos nas portas. Tristan é um imbecil. Eu trato as faxineiras muito bem. Mas quero que façam seu serviço sem histórias e sem me contar sua vida. Por isso é que é preciso educá-las como se educam as crianças para que sejam adultos aceitáveis.

Tristan não educou Francis; vigarista essa Mariette ela me deixa na mão; a sala vai ficar emporcalhada depois da visita dos dois. Eles vão chegar com um presente vagabundo vamos nos beijar vou servir bolinhos e Francis me dará as respostas que seu pai lhe ensinou ele mente como gente grande. Eu teria feito dele um bom menino. Direi isso a Tristan: um menino sem mãe acaba sempre mal se torna um malandro ou uma bicha e você não deseja isso. Minha voz ponderada me dá nojo; tenho vontade de gritar: não está certo tirar um filho de sua mãe! Mas eu dependo dele. "Ameace-o com o divórcio" dizia Dédé. Ele riu. Os homens se entendem muito bem entre eles a lei é totalmente injusta e ele tem muita influência o divórcio seria pronunciado contra mim. Ele teria a guarda de Francis nem mais um tostão e quanto ao apartamento nada feito. Eu não podia fazer nada contra esta chantagem nojenta: uma pensão e o apartamento em troca de Francis. Estou nas mãos dele. Sem grana não posso me defender sou menos que nada um zero à esquerda. Que idiota eu fui desinteressada aturdida não ligando para o dinheiro! Eu não fiz aqueles babacas soltarem bastante grana. Se eu tivesse ficado com Florent teria feito um bom pé de meia. Tristan me venceu pela paixão tive pena dele. E aí está! Esse convencido que banca Napoleão me abandonou porque não sou nenhuma histérica não caí de joelhos diante dele. Vou imprensá-lo contra a parede. Eu direi a ele que vou contar a verdade ao menino: não estou doente vivo sozinha porque o canalha do seu pai me largou me levou no bico e ainda por cima me torturou até levantou a mão para mim. Ter uma crise de nervos diante do menino cortar os pulsos na sua porta isso ou outra coisa eu tenho armas e vou usá-las ele vai voltar para mim eu não vou apodrecer sozinha nesse lugar horrível com essa gente aí de cima que me espezinha e os vizinhos que me acordam toda manhã com seu rádio e ninguém para me trazer comida quando estou com fome. Todas essas prostitutas têm um homem para protegê-las garotos para servi-las e eu nada: isso não pode continuar. Há 15 dias que o bombeiro me engambela com uma mulher sozinha eles acreditam que podem fazer tudo é uma grande covardia as pessoas quando estamos por baixo pisam na gente. Eu me revolto sou forte mas quando uma mulher é só cospem nela. O porteiro zomba. Às dez horas da manhã é *lícito* ligar o rádio; ele pensa que me deixa embasbacada com suas belas palavras. Eu os aporrinhei quatro noites seguidas com o telefone sabiam que era eu mas era impossível me pegar eu me diverti; eles reagiram me pondo para escutar a mensagem de ausência eu vou encontrar outra coisa. O quê? Eles dormem de noite trabalham de dia, passeiam aos domingos e não há o que fazer contra essa tropa. Um homem na minha casa. O bombeiro hidráulico viria o porteiro me cumprimentaria educadamente os vizinhos se moderariam. Que merda; eu quero ser respeitada quero meu marido meu filho meu lar como todo mundo.

Um menininho de 11 anos como seria bom levá-lo ao circo ao zoológico. Eu o educaria bem depressa. Com ele seria mais fácil do que com Sylvie. Ela me deu trabalho preguiçosa e sonsa como o poltrão do Albert. Ah! eu não queria mal a ela pobre inocente eles estavam sempre jogando ela contra mim e ela estava na idade em que as meninas detestam a mãe chamam isso de ambivalência mas é ódio mesmo. É uma das verdades que os enraivecem. Etiennette suava de raiva quando eu lhe disse para ler o diário de Claudie. Ela preferiu não ler fez como essas mulheres que não vão ao médico com medo de saber que estão com câncer então ela preferiu ser a mãe boazinha de uma menina boazinha. Sylvie não era boazinha e eu descobri isso quando li seu diário; mas eu vejo as coisas como elas são. Não me espantei muito eu sabia que bastava esperar que um dia ela compreenderia e na frente deles ela ia me dar razão. Eu tinha paciência nunca levantei a mão para ela. É claro que eu me defendia. Eu disse a ela: "Você não vai acabar comigo." Teimosa como uma mula ela chorava horas dias só por capricho não havia nenhuma razão para que ela tornasse a ver Tristan. Uma filha tem necessidade de um pai sei disso por experiência própria; mas ninguém disse a ela que precisava de dois. Albert já me dava bastante aborrecimento ele pegava tudo o que a lei lhe concedia e mais ainda eu tinha que lutar palmo a palmo ele a teria estragado se eu não tivesse brigado. Os vestidos que ele lhe dava eram indecentes. Eu não desejava que minha filha se tornasse uma puta como minha mãe. Aos setenta anos de saia curta com a cara toda pintada! Quando outro dia cruzei com ela na rua mudei de calçada. Com esses modos ridículos se ela tivesse me proposto a reconciliação eu estaria bem-arranjada. Aposto que ela anda sempre com a casa muito suja com a grana que gasta no cabeleireiro poderia pagar uma faxineira.

Não buzinam mais eu preferia aquele barulho ensurdecedor a ouvir essa baderna na avenida; as portas dos carros batem eles gritam riem alguns cantam já estão todos bêbados e lá em cima a bagunça continua. Eles me deixam doente estou com a boca pastosa e estas duas feridinhas na minha coxa me apavoram. Tomo cuidado só como produtos de regime mas mesmo assim há pessoas que os manuseiam com as mãos não muito limpas não há mais higiene nessa terra o ar é poluído não só por causa dos carros e das usinas mas também por causa desses milhões de bocas sujas que o engolem e o devolvem da manhã à noite; quando penso que estou envolta nesse hálito tenho vontade de fugir para os confins do deserto; como conservar um corpo limpo num mundo tão nojento somos contaminados por todos os poros da pele e no entanto eu sou sadia limpa não quero que eles me infectem. Se eu ficasse de cama ninguém ia se preocupar em cuidar de mim. Posso bater as botas com meu pobre coração esgotado e ninguém ficará sabendo isso me deixa morrendo de medo. Atrás da porta eles vão encontrar um cadáver em decomposição eu estarei fedendo estarei toda borrada os ratos terão comido meu nariz. Morrer sozinha viver sozinha não eu não quero isso. Preciso de um homem quero que Tristan volte porcaria de mundo eles gritam eles riem e eu aqui definhando; 43 anos é cedo demais é injusto eu quero viver. Fui feita para a boa vida: carro conversível apartamento vestidos e tudo o mais. Florent pagava e nada de fingimento — a não ser um pouco na cama o que é que se vai fazer — ele só queria dormir comigo e me exibir nas boates elegantes eu era bonita minha fase mais bonita todas as minhas amigas morriam de despeito. Me faz mal lembrar aquele tempo ninguém mais me convida para sair e eu fico aqui me chateando. Estou farta estou farta.

 Calhorda do Tristan quero que ele me convide para ir a um restaurante ao teatro eu vou exigir isso não exijo o bastante tudo o que ele sabe fazer é vir aqui só ou com o garoto me lança grandes sorrisos hipócritas e depois de uma hora vai embora. Mesmo essa noite nem um gesto! Calhorda! Eu me chateio o que eu me chateio não está no gibi. Se eu dormisse mataria o tempo. Mas há esse barulho lá fora. E eles riem na minha cara: "Ela está sozinha." Eles vão rir amarelo quando Tristan voltar para mim. Ele voltará eu tenho meios de forçá-lo. Voltarei para os costureiros darei recepções coquetéis publicarão minha fotografia na *Vogue* com um grande decote meus seios não temem ninguém. "Você viu a fotografia de Murielle?" Eles ficarão por baixo e Francis vai contar a eles nossos passeios o zoológico o circo o palácio de cristal eu vou mimá-lo isso os fará engolir suas calúnias e suas mentiras. Que ódio! Lúcida lúcida demais. Eles não gostam de ser vistos com clareza; eu sou sincera não faço o jogo arranco as máscaras. Eles não perdoam isso. Uma mãe com inveja de sua filha não dá para acreditar. Ela me atirou nos braços de Albert para se livrar de mim por outras razões também não eu não quero acreditar nisso. Que maldade ter me empurrado para esse casamento eu tão apaixonada ardente uma chama e ele um burguês afetado o coração frio o pau mole. Eu saberia qual seria o homem certo para Sylvie. Eu a reprimia sim eu era firme mas terna sempre pronta a conversar com ela queria ser sua amiga e teria beijado as mãos de minha mãe se ela tivesse me tratado assim. Mas que caráter ingrato! Ela morreu e daí? Os mortos não são santos. Ela não cooperava não me confiava nada. Havia alguém em sua vida um rapaz ou talvez uma moça essa geração é tão esquisita como é que se vai saber. Mas ela ficava na defensiva. Nem uma carta nas suas gavetas e nos dois últimos anos nem uma página no diário; se ela continuava a ter um ela o escondia muito bem mesmo após sua morte não encontrei nada. Raiva no coração porque eu cumpria os meus deveres de mãe. Eu a egoísta quando ela fugiu minha vontade tinha sido deixá-la com o pai. Sem ela eu ainda poderia refazer minha vida. Foi para seu bem que eu me revoltei. Christine com seus três bacorinhos bem que ia gostar de ter com ela uma moça de 15 anos para quem empurraria todos os trabalhos maçantes pobre inocente ela não se dava conta aquela crise de nervos que ela simulou diante dos tiras... Sim dos tiras. Eu ia fazer alguma coisa. A polícia está aí para isso mesmo. Albert me oferecendo dinheiro para que eu renunciasse a Sylvie! Sempre o dinheiro como os homens são baixos eles pensam que tudo pode ser comprado primeiro que eu não ligava a mínima para o dinheiro dele não era nada perto do que Tristan me dá. E mesmo na miséria eu não teria vendido minha filha. "Deixa pra lá, essa garota só lhe traz aborrecimento", dizia-me Dédé. Ela não compreende o que é ser mãe, jamais pensou em outra coisa senão em seus prazeres. Mas não se pode sempre receber é preciso também saber dar. Eu tinha muito para dar a Sylvie eu teria feito dela uma boa moça; e eu não exigia nada dela. Eu era toda devotamento. Aquela ingratidão! Era normal que eu pedisse ajuda àquela professora. Segundo seu diário Sylvie a adorava e eu pensei que ela ficaria de bico calado aquela intelectualzinha nojenta. Talvez houvesse entre elas muito mais do que eu imaginava eu sou muito inocente nunca vejo o mal essas intelectuais são todas homossexuais. As gritarias de Sylvie depois disso e minha mãe me declarando ao telefone que eu não tinha o direito de me intrometer nas amizades de minha filha. Ela me disse textualmente *me intrometer*. "Ah era por isso que você não se intrometia. E faça o favor de não começar." Assim secamente. E desliguei. Minha própria mãe essa não. Sylvie acabaria por se dar conta. Uma das razões por que fiquei arrasada no cemitério. Eu dizia comigo mesma: "Um pouco mais tarde ela teria me dado razão." Que lembrança terrível o céu azul todas aquelas flores Albert chorando diante de todo mundo a gente se controla Deus do céu. Eu me controlei e no entanto sabia que nunca me recuperaria daquele golpe. Era a mim que enterravam. Estou enterrada. Eles todos se uniram para me arruinar. Mesmo esta noite nem um sinal de vida. Eles sabem muito bem que nas noites de festa em que todo mundo se diverte come e trepa os solitários os enlutados se suicidam facilmente. Eles bem que gostariam que eu desaparecesse é inútil eles me terem relegado sou uma pedra no sapato deles. Ah não! Não darei a eles esse gostinho. Eu quero viver quero reviver. Tristan voltará para mim ou me fará justiça sairei dessa confusão. Se eu falasse com ele agora me sentiria melhor talvez pudesse dormir. Ele deve estar em casa dorme com as galinhas, ele se poupa. Ficar calma amigável não irritá-lo sem isso minha noite está perdida.

Ele não atende. Não está em casa ou não quer atender. Bloqueou a campainha não quer me ouvir. Eles me julgam me condenam e nenhum deles me ouve. Nunca castiguei Sylvie sem tê-la escutado era ela que se fechava que não queria falar. Ainda ontem ele não me deixou dizer um quarto do que eu tinha a dizer e percebi que ele cochilava no outro lado da linha. É desanimador. Argumento explico demonstro; passo a passo pacientemente eu os acuo para a verdade imagino que eles acompanham o que digo e depois pergunto: "O que foi que eu disse?" Eles não sabem enfiam tampões mentais nos ouvidos e se uma frase passa através deles respondem imbecilidades. Recomeço junto novos argumentos: mesmo jogo. Nisso Albert era campeão mas Tristan não fica atrás. "Você devia me levar de férias com o menino." Ele nem responde fala de outra coisa. As crianças são forçadas a escutar mas eles se arranjam ou esquecem isso. "O que foi que eu disse Sylvie?" "Você disse que quando a gente é desordenada nas pequenas coisas também é nas grandes e que eu devo arrumar meu quarto antes de sair." Assim mesmo no dia seguinte ela não arrumava. Quando eu obrigo Tristan a me escutar e a não responder nada — um filho precisa da mãe uma mãe não pode ficar sem seu filho isso é tão evidente que nem com a pior má-fé se pode negar — então ele sai porta afora e desce os degraus de quatro em quatro enquanto eu grito no vão da escada e me contenho rápido com medo de que os vizinhos me tomem por uma maluca; é tão covarde ele sabe muito bem que detesto escândalos eu já tenho má reputação no prédio é claro suas condutas são tão extravagantes — desnaturadas — que algumas das minhas também são. Ah que merda! Eu me comportava sempre tão bem ficava irritada com a falta de cerimônia de Tristan seu riso barulhento sua voz grossa eu queria que ele morresse quando ele fazia baderna em público com Sylvie.

O vento! Subitamente ele se pôs a soprar como um ciclone como eu gostaria que um grande cataclismo varresse tudo eu inclusive um tufão um ciclone morrer me descansaria se não restasse ninguém para pensar em mim; entregar a eles meu cadáver minha pobre vida não! Mas mergulhar todos juntos no nada isso seria bom; estou cansada de lutar contra eles mesmo quando estou sozinha eles me perseguem é desgastante que acabem com isso! Ai de mim! Infelizmente não terei meu tufão nunca tenho aquilo que eu quero. É apenas um ventinho muito banal vai arrancar algumas telhas algumas chaminés tudo é mesquinho nesse mundo tanto a natureza quanto os homens. Só eu sonho grande e seria melhor que limitasse minhas pretensões sempre me decepciono com tudo.

Talvez eu devesse enfiar o supositório no rabo e depois ir deitar. Mas ainda estou muito desperta e ia me agitar na cama. Se eu tivesse conseguido falar com ele ao telefone se tivéssemos falado amavelmente eu teria me acalmado. Ele está pouco se importando. Estou aqui devastada por lembranças dolorosas ligo para ele ele não atende! Não xingar não começar por xingá-lo isso poria tudo a perder. Tenho medo de amanhã. Terei que estar pronta antes de quatro horas não terei pregado o olho vou descer para comprar docinhos que Francis esmigalhará no carpete quebrará um dos meus bibelôs ele não é uma criança educada é desastroso como o pai que vai espalhar cinzas por toda parte e se eu disser qualquer coisa Tristan vai me xingar ele nunca pôde aceitar isso é inadmissível que eu saiba cuidar da minha casa. A sala está impecável agora limpa lustrosa brilhante como a lua de antigamente. Amanhã às sete horas da noite estará tudo emporcalhado terei que fazer aquela limpeza cansada como vou estar. Isso me livrará de explicar a ele tudo de novo de A até Z. Ele é turrão. Que idiota eu fui de trocar Florent por ele! Florent e eu nos entendíamos ele me dava dinheiro eu me deitava era mais limpo do que essas histórias em que as pessoas ficam cheias de histórias. Sou muito sentimental para mim parecia uma grande prova de amor ele me propor casamento e havia Sylvie a pequena ingrata eu queria que ela tivesse um verdadeiro lar e uma mãe irrepreensível uma mulher casada a mulher de um banqueiro. Me enchia o saco bancar a madame frequentar gente chata. Não era de espantar que eu explodisse de tempos em tempos. "Você está agindo mal com Tristan" me dizia Dédé. E mais tarde: "Eu bem que disse." É verdade que sou intransigente não abaixo a cabeça não penso nas consequências. Talvez eu teria aprendido a negociar sem todas essas frustrações. Tristan me aporrinhava eu o fiz ver isso. As pessoas não aceitam que a gente lhes diga verdades. Elas querem que a gente acredite em suas belas palavras ou ao menos que finja acreditar. Eu sou lúcida sou franca arranco as máscaras. A dondoquinha que sussurrava: "Você gosta do seu irmãozinho?" E eu com uma vozinha séria: "Detesto ele." Continuei a ser aquela menina que diz o que pensa que não trapaceia. Eu me sentia mal ouvindo-o pontificar com todos aqueles imbecis de joelhos diante dele. Eu chegava com a minha sutileza de elefante e esvaziava suas belas palavras: o progresso a prosperidade o futuro do homem a felicidade da humanidade a ajuda aos países subdesenvolvidos a paz no mundo. Não sou racista mas estou pouco ligando para os árabes os judeus os negros da mesma maneira que estou pouco ligando para os chineses os russos os ianques os franceses. Estou me lixando para a humanidade o que foi que ela fez por mim eu me pergunto. Se eles são imbecis o bastante para se trucidarem se bombardearem se napalmizarem se exterminarem não vou gastar meus olhos chorando. Um milhão de crianças massacradas e daí? As crianças são apenas sementes de imbecis isso desentulha um pouco o planeta eles não reconhecem que o planeta está superpovoado e então? Se eu fosse a Terra não gostaria de ter toda essa gentalha nas minhas costas eu a sacudiria fora. Gostaria de explodir só para que todos eles explodissem também. Garotos que não significam nada para mim eu não vou me apiedar deles. Minha filha está morta e roubaram meu filho de mim.

Eu a teria reconquistado. Teria feito dela uma pessoa de bem. Mas precisaria de tempo. Tristan não me ajudava egoísta nojento nossas brigas o perturbavam ele me dizia: "Deixe-a em paz." Ninguém deveria ter filhos de certo modo Dédé tinha razão eles só nos trazem chateações. Mas se a gente tem é preciso educá-los corretamente. Tristan sempre tomava o partido de Sylvie; ora mesmo que eu estivesse errada — suponhamos que isso me tenha acontecido — é detestável do ponto de vista pedagógico que um dos pais desaprove o outro. Ele a apoiava mesmo quando eu tinha razão. A propósito da pequena Jeanne, me comove me lembrar dela de seu olhar úmido e cheio de veneração; as meninas às vezes podem ser adoráveis ela me lembrava minha infância malvestida malcuidada esbofeteada maltratada pela faladeira da sua mãe sempre à beira das lágrimas; ela me achava bonita acariciava meus casacos de pele fazia pequenos serviços para mim e eu lhe dava alguns trocados às escondidas algumas balas pobrezinha. Ela tinha a idade de Sylvie eu queria que elas fossem amigas Sylvie me decepcionou muito. Ela resmungava "Jeanne me aborrece". Eu dizia que ela não tinha coração ralhava com ela e a castigava. Tristan a defendia sob o pretexto de que amizade não se impõe essa rixa durou muito tempo eu queria que Sylvie aprendesse a ser generosa foi a pequena Jeanne que por fim sumiu.

Está um pouco mais calmo lá em cima. Passos vozes na escada portas de carro que batem ainda se ouve o baticum mas eles não estão mais dançando. Percebo isso. É a hora em que fazem amor nas camas nos divãs no chão nos carros a hora dos grandes vômitos quando se devolve o peru assado e o caviar é imundo tenho a impressão de que tudo cheira a vômito vou queimar um bastão de incenso. Se eu pudesse dormir mas não tenho sono a aurora ainda está longe é uma hora lúgubre e Sylvie morreu sem ter me compreendido nunca vou me recuperar. Esse cheiro de incenso é o mesmo do serviço fúnebre; as velas as flores o catafalco: meu desespero. Morta; era impossível! Durante horas e horas fiquei sentada perto do seu cadáver pensando não ela vai acordar eu vou acordar. Tanto esforço tanta luta tanto drama tanto sacrifício: em vão. A obra da minha vida volatilizada. Eu nada deixava ao acaso; e o mais cruel dos acasos cruzou o meu caminho. Sylvie morreu. Cinco anos já. Ela está morta. Para sempre. Não suporto isso. Socorro eu estou mal estou muito mal tirem-me daqui eu não quero começar a afundar de novo não ajudem-me eu não suporto mais não me deixem sozinha...

Ligar para quem? Albert Bernard vão desligar o telefone na mesma hora; ele chorava diante de todo mundo mas esta noite ele se empanturrou e se divertiu e sou eu que lembro e choro. Minha mãe; uma mãe é sempre uma mãe eu não lhe fiz nada foi ela que estragou minha infância ela me insultou ousou me dizer... Eu quero que ela retire o que disse não continuarei a viver com esse grito nos meus ouvidos uma filha não suporta ser amaldiçoada pela mãe mesmo que ela seja a última das putas.

"Foi você que me telefonou?... Isso me surpreendeu mas enfim poderia ter ocorrido uma noite dessas em que você pensa em minha tristeza e diz para si mesma que entre mãe e filha não se pode ficar brigada até a morte; principalmente porque não vejo realmente em que você pode me reprovar... Não grite assim..."

Desligou. Ela quer a paz. A vagabunda me destrói é preciso que eu a faça se calar. Que ódio! Ela sempre me odiou, matou dois coelhos com uma cajadada só quando me casou com Albert: assegurou seus prazeres e minha infelicidade. Eu não queria admitir isso sou muito correta muito inocente isso salta aos olhos. Foi ela quem o fisgou no curso de ginástica e o tomou para si suja como ela era não tinha nada de apetitoso para satisfazê-lo mas com tantos homens que lhe tinham passado sobre o corpo ela devia conhecer truques e coisas era daquelas que se põem a cavalo sobre o sujeito eu posso imaginar é tão nojenta a maneira como as coroas fazem sexo. Ela era muito velha para conservá-lo então se serviu de mim eles riam nas minhas costas e eles recomeçavam; o dia em que voltei inesperadamente ela ficou toda vermelha. Em que idade ela parou? Talvez ela se cerque de gigolôs ela é menos pobre do que diz deve ter guardado joias de que se desfaz aos poucos. Eu acho que desde os cinquenta anos é preciso ter a decência de renunciar; eu renunciei muito antes desde o meu luto. Não me interessa mais estou fechada não penso nunca nessas coisas nem mesmo em sonhos. Essa múmia dá arrepio só de imaginar seu sexo ela coloca perfume mas por baixo ela fede ela se maquiava se embonecava mas não se lavava não o que eu chamo se lavar quando fingia tomar banho era apenas para mostrar seu traseiro a Nanard. Seu filho seu genro: dá vontade de vomitar. Eles me diriam: "Você só tem porcaria na cabeça." Eles sabem dizê-lo. Se lembro a eles que patinham na merda gritam que sou eu quem tem os pés sujos. Minhas queridas amiguinhas gostariam de me trair com meu marido as mulheres são todas umas ordinárias e ele que me gritava: "Você é detestável." O ciúme não é detestável o verdadeiro amor sabe se defender com unhas e dentes. Eu não era daquelas que aceitam dividir ou se metem em bacanais como Christine eu queria que fôssemos um casal íntegro um casal correto. Eu sei me comportar mas não sou uma banana nunca tive medo de escândalos. Não permiti que fizessem pouco de mim eu posso rever o meu passado: nada de mau nada de errado. Sou uma raridade.

Pobre raridade: ela está só no mundo. É isto que os chateia: sou correta demais. Eles gostariam de me eliminar me prenderam na gaiola. Encerrada fechada entre quatro paredes acabarei morrendo de tédio morrendo realmente. Parece que isso acontece até com crianças de peito quando ninguém se ocupa delas. O crime perfeito que não deixa vestígios. Esse suplício dura já cinco anos. O imbecil do Tristan que me disse: viaje você tem dinheiro suficiente. Dinheiro suficiente para viajar como miserável tal qual antigamente com Albert: nessa não caio mais. A pobreza é sempre ruim mas em viagem... Não sou esnobe hotéis de luxo com mulheres cobertas de pérolas e a pose dos porteiros fiz Tristan ver que isso não me embasbacava. Mas os quartos de segunda categoria e os botecos onde se come ah, isso não! Lençóis de aparência duvidosa toalhas de mesa sujas dormir sobre o suor dos outros na sua sujeira comer com talheres mal-lavados a gente corre o risco de pegar chatos ou sífilis e os odores me fazem vomitar; sem contar que meus intestinos não funcionam porque usar as privadas onde todo mundo caga me bloqueia totalmente; fraternidade da merda comigo não dá. E depois qual o sentido de passear sozinha? Com Dédé a gente se divertia é chique duas moças bonitas num conversível com os cabelos ao vento; à noite em Roma na Piazza del Popolo a gente fazia uma bagunça danada. Também me diverti com outros companheiros. Mas sozinha! Na minha idade o que parece ir à praia, ao cassino sem ter um homem junto? Os museus as ruínas já cansei de visitar com Tristan. Não sou nenhuma histérica não entro em transe diante de colunas quebradas ou de velhas construções caindo aos pedaços. As pessoas dos séculos passados pouco me importam elas estão mortas é sua única superioridade sobre os vivos mas no seu tempo elas também eram chatas. O pitoresco: isso eu não engulo; imundície que fede roupas de cama e mesa sujas talos de repolho como é preciso ser esnobe para se pasmar com isso! E por toda parte é sempre a mesma coisa comam eles batata frita paella ou pizza é a mesma corja uma corja nojenta os ricos que pisam em você os pobres que estão de olho na sua grana os velhos que caducam os jovens que escarnecem os homens que se pavoneiam as mulheres que abrem as pernas. Prefiro mil vezes ficar no meu buraco lendo um romance policial se bem que eles se tornaram muito imbecis. A televisão também que bando de imbecis! Fui feita para outro planeta me enganei de direção.

Por que eles têm que fazer baderna justamente debaixo da minha janela? Continuam ao lado dos seus carros não se decidem a dar no pé. O que é que eles têm para conversar? Moleques molecas grotescas com suas minissaias e seus *collants* eu quero é que elas se estourem elas não têm mãe? E os rapazes com o cabelo até o pescoço. Até que vistos de longe parecem mais ou menos limpos. Mas todos esses transviados que criam piolhos estariam atrás das grades se o chefe de polícia tivesse um pouco de pulso. Que juventude! Eles se drogam praticam sexo grupal não respeitam nada. Vou jogar um balde d'água na cabeça deles. Eles são capazes de forçar minha porta de me arrebentar a cara estou sem defesa é melhor fechar de novo a janela. Parece que a filha de Rose é desse tipo e Rose banca a irmã mais velha dela as duas não se largam são unha e carne. E no entanto ela a trazia presa até lhe dava bofetões não se dava ao trabalho de argumentar era caprichosa arbitrária; detesto caprichos. Ah, Rose terá dias interessantes pela frente bem que Dédé diz quando Danielle arranjar uma gravidez... Eu teria feito de Sylvie uma moça direita. Eu lhe daria roupas joias teria orgulho dela nós sairíamos juntas. Não há justiça. É isto que me deixa louca: a injustiça. Quando penso na mãe que fui! Tristan reconheceu isso; eu o obriguei a reconhecer. E depois ele grita que está disposto a tudo para não me entregar Francis; eles estão pouco se lixando para a lógica dizem qualquer coisa e fogem correndo. Ele desce os degraus de quatro em quatro enquanto eu grito no vão da escada. Ele não vai me vencer assim. Eu o forçarei a me fazer justiça: juro pela minha própria cabeça. Ele vai restituir meu lugar no lar meu lugar no planeta. Vou fazer de Francis um bom menino eles vão ver que mãe eu sou.

Eles acabam comigo os calhordas. A tourada de amanhã me mata. Eu quero ganhar. Eu quero eu quero eu quero eu quero eu quero. Vou tirar cartas para mim. Não. Em caso de infelicidade eu me atiro pela janela não quero isso eles ficariam eufóricos demais. Pensar em outra coisa. Em coisas alegres. O pequeno bordelês. Não esperávamos nada um do outro não nos fazíamos perguntas nem promessas nós nos metíamos na cama e nos amávamos. Durou três semanas e ele partiu para a África eu chorei chorei. É uma lembrança que me acalma. Essas coisas só acontecem uma vez na vida. Que pena! Quando penso nisso eu me digo que se tivessem sabido me amar eu teria sido a ternura em pessoa. Os salafrários me puseram de lado não ligam para ninguém pode cada um morrer no seu canto os maridos podem chifrar as mulheres as mães sacudir os filhos nada de protestos bico calado tenho nojo dessa prudência e de que não se tenha coragem de assumir uma posição. "Seu irmão é um tremendo unha de fome!" Foi Albert quem me fez ver isso eu sou muito nobre para notar essas coisas mas é verdade que eles comiam três vezes mais do que nós e na hora de repartir a conta a gente pagava até pelo que não tinha comido. E depois ele ainda me censurou: "Você não devia ter reclamado." Na praia tinha dado confusão. Etiennette chorava as lágrimas descendo por suas faces pareciam gordura. "Agora que ele sabe ele vai se corrigir" eu lhe respondi. Eu era ingênua: acreditava que eles pudessem se corrigir que argumentando com eles era possível educá--los. "Vamos Sylvie pense bem. Você sabe quanto custa esse vestido? E quantas vezes você vai usá-lo? Vamos devolver." Era sempre a mesma coisa eu ficava exausta. Nanard será unha de fome até o fim de seus dias. Albert cada vez mais sonso mentiroso cheio de mistérios. Tristan também sempre autossuficiente e pontificante. Eu quebrava a cabeça à toa. Quando tentei ensinar Etiennette a se vestir Nanard me agrediu com gritos: ela tinha 24 anos e eu a fantasiava de velha professora! Ela continuou a se enrolar em vestidinhos multicoloridos. E Rose que me gritou: "Você é maldosa!" Eu lhe havia falado por lealdade as mulheres precisam se dar as mãos. Quem me agradeceu? Emprestei dinheiro a eles sem cobrar juros ninguém me ficou grato por isso alguns deles até reclamaram quando pedi para ser reembolsada. As amigas que eu cobria de presentes me acusavam de ser exagerada. E só vendo como desapareciam as pessoas para quem eu fazia favores só Deus sabe que eu não explorava ninguém. Não sou dessas que creem que tudo lhes é devido. Tia Margarida: "Enquanto você estiver fazendo o cruzeiro você pode nos emprestar seu apartamento?" Ah que merda! Os hotéis estão aí para isso mesmo e se eles não tinham meios de pagar uma temporada em Paris tinham mesmo é que ficar no seu buraco. É uma coisa sagrada um apartamento eu teria a impressão de uma violação. Foi como Dédé: "A gente não deve se deixar explorar." Mas ela me explorava à vontade. "Você não tem um casaco de noite para me emprestar? Você não sai nunca." Não saio nunca mas já saí; são meus vestidos meus casacos eles me trazem muitas lembranças não quero que nenhuma bruaca use as minhas coisas. E depois eles ficam com cheiro. Se eu morresse mamãe e Nanard repartiriam meus trapos ah não! quero viver até que as traças tenham devorado tudo ou então se eu tiver câncer mandarei tudo pelos ares. Eles se aproveitaram bastante de mim Dédé principalmente. Ela bebia meu uísque se pavoneava no meu conversível. Agora, ela banca a amiga de bom coração. Mas não se sentiu mal em me telefonar de Courchevel aquela noite. Quando seu cornudo viaja e ela se chateia aí sim ela vem sentar o seu bundão aqui mesmo que eu não queira. Mas é dia de Ano-Novo estou sozinha me torturo. Ela dança se diverte nem um só minuto pensou em mim. Ninguém nunca pensa em mim. É como se eu tivesse sido apagada do mundo. Como se eu nunca tivesse existido. Será que eu existo? Ai! Eu me belisquei com tanta força que vou ficar com uma mancha roxa.

Que silêncio! Nem mais um carro nem mais um passo na rua nem mais um ruído no prédio um silêncio de morte. O silêncio da câmara mortuária e os olhares sobre mim os olhares que me condenavam sem que me tivessem ouvido e sem apelação. Ah eles são fortes! Eles jogaram todos os seus remorsos sobre as minhas costas o bode expiatório ideal finalmente eles podiam inventar um pretexto para seu ódio. Minha infelicidade não os desarmou. Tenho a impressão porém que Satã em pessoa teria tido piedade de mim.

Durante toda a minha vida serão sempre duas horas da tarde de uma terça-feira de junho. "A senhorita dorme um sono profundo demais não consigo acordá-la." Meu coração deu um pulo eu me precipitei gritando: "Sylvie você está sentindo alguma coisa?" Ela parecia dormir ainda estava morna. Tinha morrido já havia muitas horas me disse o médico. Eu urrei rodei no quarto como uma louca. Sylvie Sylvie por que você fez isso comigo? Eu a revejo serena tranquila e eu desnorteada e aquele bilhete para o pai não significava nada eu o rasguei ele fazia parte da encenação aquilo não passava de uma encenação eu estava certa eu estou certa — uma mãe conhece sua filha — de que ela não tinha querido morrer mas havia exagerado a dose ela estava morta que horror! É fácil demais com essas drogas que são conseguidas de qualquer jeito; essas garotas por qualquer motivo brincam de suicídio; Sylvie seguiu a moda: não acordou mais. Eles chegaram beijaram Sylvie ninguém me beijou e minha mãe gritou: "Você a matou!" Minha mãe minha própria mãe. Eles a fizeram se calar mas seus rostos seu silêncio o peso do seu silêncio. Sim, se eu fosse dessas mães que se levantam às sete horas da manhã eu a teria salvado mas eu vivo num outro ritmo isso não é um crime como é que eu poderia adivinhar? Eu estava sempre em casa quando ela voltava do colégio muitas mães não podem dizer o mesmo pronta para conversar com ela para saber das coisas era ela quem se fechava no quarto a pretexto de estudar. Nunca lhe faltei. E minha mãe que descuidou de mim que me abandonou ousou me condenar! Eu não soube responder aquilo rodava na minha cabeça eu não via claro. "Se eu tivesse ido beijá-la aquela noite quando cheguei em casa..." Mas eu respeitava o seu sono e ela parecia quase alegre aquela tarde! Que suplício aqueles dias! Por vinte vezes que achei que ia desabar. Os colegas os professores depositaram buquês sobre o seu caixão sem me dizer uma palavra; se uma filha se mata a mãe é a culpada; é assim que eles raciocinam por ódio da própria mãe. Uma carniça. Quase me entreguei. Depois do enterro caí doente. Repetia comigo mesma: "Se tivesse me levantado às sete horas... Se tivesse ido beijá-la quando cheguei em casa..." Eu tinha a impressão de que todo mundo havia escutado a acusação de minha mãe eu não ousava sair de casa tentava passar despercebida caminhando junto às paredes o sol me colocava no pelourinho eu achava que as pessoas me olhavam que cochichavam que me apontavam com o dedo chega chega prefiro morrer agora mesmo a reviver aquelas horas. Emagreci dez quilos, um esqueleto perdia o equilíbrio titubeava. "Psicossomático" disse o médico. Tristan me deu a grana para a clínica. Uma loucura as perguntas que eu me fazia poderia ter ficado louca. Um falso suicídio ela havia querido chatear alguém quem? Eu não a tinha vigiado o bastante não deveria ter deixado ela sozinha nem um segundo deveria ter mandado segui-la sondá-la desmascarar o culpado um rapaz ou uma moça talvez a nojenta daquela professora. "Não senhora não havia ninguém em sua vida." Elas não desistiram as duas pernósticas e seus olhares me assassinavam; todas elas se uniram nessa conspiração de mentiras até depois da morte. Mas não me fizeram de boba. Eu sei. Na idade em que ela estava com os hábitos de hoje impossível que não houvesse alguém. Talvez ela estivesse grávida ou tivesse caído nas garras de uma marafona ou de um bando de libertinos alguém fazia chantagem com ela e abusava dela ameaçando me contar tudo. Ah eu nem quero imaginar! Você podia ter me dito tudo minha Sylvie eu a teria tirado dessa história suja. Foi sem dúvida uma história suja para que ela tivesse escrito a Albert: "Papai eu te peço perdão mas não aguento mais." Para ele Sylvie não podia falar nem para outros; eles a bajulavam mas eram estranhos. Só em mim ela poderia confiar.

Sem eles. Sem seu ódio. Calhordas! Vocês quase acabaram comigo mas não conseguiram. Não sou seu bode expiatório; já me livrei dos remorsos. Gritei para vocês suas verdades um pacote para cada um e não tenho medo do ódio de vocês eu passo adiante. Calhordas! Foram eles que a mataram. Eles me cobriam de lama a jogavam contra mim eles tratavam Sylvie como mártir e isso a seduzia todas as garotas gostam de bancar a mártir; ela levou a sério o seu papel desconfiava de mim não me contava nada. Pobre menina. Ela precisava do meu apoio dos meus conselhos eles a privavam disso e a condenaram ao silêncio ela não soube se livrar sozinha montou essa cena e acabou morrendo. Assassinos! Eles mataram Sylvie minha Sylvette minha queridinha. Eu amava você. Nenhuma mãe poderia ter sido mais devotada; eu só pensava em seu bem. Abro o álbum de fotografias vejo todas as Sylvies! Esse rosto de criança um pouco amedrontada esse rosto misterioso de adolescente. À minha filha de 17 anos que eles assassinaram digo olhos nos olhos: "Fui a melhor das mães. Você teria me agradecido mais tarde."

Chorar me trouxe alívio e começo a ter sono. Não devo dormir nessa poltrona vou acordar e tudo estará de novo perdido. Pôr o supositório deitar. Pôr o despertador para o meio-dia ter tempo de me preparar. Preciso ganhar. Um homem em casa meu rapazinho que à noite eu vou beijar toda essa ternura que não serve para nada. Além disso seria minha reabilitação. Mas o que é isso? Estou dormindo falo besteiras. Será uma bofetada na cara deles. Tristan é alguém eles o respeitam. Quero que ele deponha a meu favor: eles serão obrigados a me fazer justiça. Vou ligar para ele. Convencê-lo essa noite mesmo...

"Foi você que me ligou... Ah pensei que tivesse sido você! Você estava dormindo desculpe mas estou contente por ouvir sua voz essa noite está tão chata ninguém deu sinal de vida eles sabem no entanto que quando a gente sofreu uma grande dor a gente não suporta festas todo esse barulho essas luzes você notou nunca Paris esteve tão iluminada quanto este ano eles têm dinheiro para esbanjar seria melhor que reduzissem os impostos eu me fechei em minha casa para não ver tudo isso. Não consigo dormir estou muito triste muito só rumino coisas preciso conversar com você sem brigar amigavelmente escute bem é realmente muito importante o que eu tenho a lhe dizer não vou pregar o olho enquanto isso não estiver resolvido. Você está me escutando? Refleti a noite toda não tinha outra coisa para fazer e digo a você que essa situação é realmente anormal não podemos continuar dessa maneira afinal de contas ainda estamos casados que desperdício dois apartamentos você venderia o seu por pelo menos vinte milhões e eu não perturbaria mais você não se preocupe não se trata de recomeçar a vida conjugal nós não nos amamos mais eu me fecharia no quarto dos fundos não me interrompa você poderia ter todas as mulheres que quisesse eu estou pouco ligando para isso mas como continuamos amigos não há razão para que não vivamos sob o mesmo teto. E é preciso por causa de Francis. Pense um pouco nele foi tudo o que fiz a noite toda e eu estou me acabando. É ruim para um menino ter os pais separados eles se tornam sonsos cheios de vícios mentirosos têm complexos não se desenvolvem bem. Quero que Francis se desenvolva bem. Você não tem o direito de privá-lo de um lar verdadeiro... Mas toda vez que a gente fala nisso você dá o fora mas dessa vez quero que me escute. É egoísmo demais é mesmo um pouco monstruoso privar um filho de sua mãe e uma mãe do seu filho. Sem razão. Não tenho vícios não bebo não me drogo e você mesmo reconheceu que eu era a mais devotada das mães. Então? Não me interrompa. Se você está preocupado com seus casos eu repito que não impedirei você de trepar. Não me responda que eu sou insuportável que atormentava você que usava você. Sim eu era um pouco difícil é da minha natureza não abaixar a cabeça; mas se você tivesse tido um pouco de paciência se tivesse procurado me compreender e sabido conversar comigo em vez de embirrar tudo teria sido melhor para nós você também não é nenhum santo não deve achar que é; enfim o passado é o passado; eu mudei; você sabe muito bem disso: sofri amadureci suporto coisas que não suportava antes deixa-me falar você não precisa temer escândalos nós vamos conviver um com o outro de modo civilizado e o menino será feliz como tem o direito de ser eu não vejo o que você pode objetar... Por que não é hora para se falar nisso? É uma hora que me convém muito bem. Você pode sacrificar cinco minutos de sono eu não vou fechar os olhos enquanto isso não estiver resolvido não seja tão egoísta é muita maldade impedir as pessoas de dormir elas ficam birutas e isso eu não quero. Há sete anos que apodreço completamente sozinha como uma maldita e a cambada nojenta zomba você me deve uma desforra deixa-me falar você tem muitas dívidas comigo como sabe não foi nem um pouco direita a maneira como se comportou; você me deu o golpe da paixão eu larguei Florent e rompi com meus companheiros e depois você me pôs de lado e seus amigos me viraram as costas; por que fingiu me amar? Algumas vezes eu me pergunto se não foi um golpe planejado... Sim um golpe planejado; é realmente incrível aquele grande amor e depois esse abandono... Você não tinha se dado conta? Do quê? Não me diga mais uma vez que me casei com você por interesse eu tinha Florent e poderia ter um montão de dinheiro e fique sabendo que ser sua mulher não me maravilhava você não é nenhum Napoleão como pensa que é não me repita isso ou eu berro você não está dizendo nada mais eu escuto as palavras rolarem na sua boca não diga nada é mentira a mentira é tão grande que eu berro você me deu o golpe do amor louco e eu me deixei levar... não não me diga: escute Murielle eu sei de cor suas respostas você as repetiu para mim cem vezes chega de conversa fiada para cima de mim não adianta e não fique com esse ar irritado isso mesmo eu disse esse ar irritado estou vendo você pelo telefone. Você foi ainda mais desprezível do que Albert ele era jovem quando nós nos casamos você tinha 45 anos devia medir suas responsabilidades. Bem enfim o passado é o passado. Prometo que não vou lhe fazer censuras. Apaga-se tudo começa-se de novo eu posso ser doce e gentil sabe quando não se é injusto comigo. Vamos diga que está tudo certo amanhã a gente combina os detalhes...

"Calhorda! Você está se vingando está me torturando porque não babei por você mas não fico embasbacada com dinheiro nem com ares importantes nem com belas palavras. 'Nunca por nada no mundo' é o que vamos ver. Eu vou me defender. Vou falar com Francis vou dizer para ele quem você é. E se eu me matasse diante dele você acha que isso lhe deixaria boas recordações?... Não não é chantagem nojenta idiota com a vida que levo não me custaria nada me matar. Não se deve deixar as pessoas desesperadas elas se tornam capazes de tudo a gente vê até mães que se suicidam com seu filho..."

Calhorda! Seu merda! Ele desligou... Não atende não vai atender. Cretino! Ai! Meu coração está falhando e vou morrer. Estou passando mal, muito mal eles me matam aos poucos não aguento mais vou me matar na sala dele vou cortar os pulsos quando eles forem ver vai ter sangue por toda parte e vou estar morta... Ai! Bati com muita força rachei meu crânio é neles que tenho de bater. A cabeça contra a parede não não eu não vou ficar louca eles não vão acabar comigo eu vou me defender encontrarei armas. Que armas calhordas calhordas eu vou sufocar meu coração vai falhar preciso me acalmar...

Meu Deus! Mostre-me que o Senhor existe! Mostre-me que há um céu e um inferno eu vou passear nas alamedas do paraíso com meu menininho e minha filha querida e eles todos vão se contorcer nas chamas da inveja eu os verei assar e gemer vou rir e as crianças vão rir comigo. O Senhor me deve essa desforra, meu Deus. Eu exijo que ela me seja dada.

A MULHER DESILUDIDA

Segunda-feira, 13 de setembro. Les Salines
É um extraordinário cenário esse esboço de cidade abandonada nas proximidades de um vilarejo e à margem dos séculos. Caminhei metade do semicírculo, subi a escada do pavilhão central. Longamente, contemplei a sóbria majestade desses edifícios construídos com fins utilitários e que nunca serviram para nada. São sólidos, são verdadeiros; todavia, o abandono transforma-os em um fantástico simulacro: pergunta-se de quê. A relva quente sob o sol de outono e o odor das folhas mortas asseguravam-me de que eu não havia deixado este mundo, mas de que havia recuado duzentos anos no passado. Fui buscar algumas coisas no carro. Coloquei no chão uma coberta, almofadas, o rádio e fumei um cigarro escutando Mozart. Atrás de duas ou três janelas empoeiradas, adivinho presenças: talvez sejam escritórios. Um caminhão parou diante de uma das pesadas portas, homens abriram-na, carregaram de sacos a parte traseira do veículo. Nada mais alterou o silêncio da tarde. Nenhum visitante. Quando o concerto acabou, li. Duplo desterro. Eu ia muito distante, às margens de um rio desconhecido, levantava os olhos e me encontrava em meio a estas pedras, longe de minha vida.

Porque o mais surpreendente é minha presença aqui, e sua alegria. Temia a solidão dessa volta a Paris. Até aqui, na ausência de Maurice, as meninas me acompanhavam em todas as minhas viagens. Julgava que os encantamentos de Colette e as exigências de Lucienne iam me fazer falta. E eis que me é devolvida uma espécie de alegria esquecida. Minha liberdade me remoça vinte anos. E a tal ponto que, fechado o livro, comecei a escrever para mim mesma, como fazia vinte anos atrás.

Nunca deixo Maurice com o coração leve. O congresso dura apenas uma semana, entretanto, enquanto rodávamos de Mougins ao aeroporto de Nice, minha garganta estava cerrada. Ele também estava comovido. Quando o alto-falante chamou os passageiros para Roma, ele me abraçou com força: "Não vá se matar em acidente de carro!" "Não vá se matar em acidente de avião!" Antes de desaparecer, voltou ainda uma vez a cabeça para mim: havia em seus olhos uma ansiedade que me contagiou. A decolagem me pareceu dramática. Os quadrimotores levantam voo suavemente, é um longo até logo. O jato se arrancou do solo, é a brutalidade de um adeus.

Mas cedo comecei a me alegrar. Não, a ausência de minhas filhas não me entristecia. Ao contrário. Podia dirigir tão depressa ou tão devagar quanto quisesse, ir aonde quisesse, parar quando me desse vontade. Decidi passar a semana a vagabundear. Levanto com o sol. O carro me espera na rua, ou no pátio, como um animal fiel. Está úmido de orvalho. Enxugo-lhe os olhos e corto alegremente o dia que se ilumina. Ao meu lado estão a bolsa branca, os mapas Michelin, o Guia Azul, livros, um casaco, cigarros: companheiros discretos. Ninguém se impacienta quando peço à dona do albergue a receita de seu frango com lagostins.

A tarde vai declinando, mas ainda está quente. É um daqueles momentos emocionantes, em que a terra está em tanta harmonia com os homens que parece impossível que todos não estejam felizes.

Terça-feira, 14 de setembro

Uma das coisas que encantavam Maurice era a intensidade do que ele chamava "minha atenção para a vida", a qual se reanimou durante esse breve encontro comigo mesma. Agora que Colette está casada e Lucienne está na América, teria tempo para cultivá-la. "Você vai se entediar. Deveria arranjar algum trabalho", disse-me Maurice em Mougins. Ele insistiu. Mas, pelo menos por enquanto, eu não o desejo. Quero, enfim, viver um pouco para mim mesma. E aproveitar com Maurice essa solidão a dois, da qual tanto tempo estivemos privados. Tenho uma porção de projetos na cabeça.

Sexta-feira, 17 de setembro

Terça-feira telefonei para Colette: estava gripada. Protestou quando declarei que eu voltaria imediatamente para Paris. Jean-Pierre toma conta dela muito bem, mas eu estava preocupada e cheguei durante o dia. Encontrei-a de cama, havia emagrecido. Teve febre durante toda a tarde. Já em agosto, quando a acompanhei à serra, sua saúde me causava apreensão. Tenho pressa que Maurice a examine e gostaria que ele consultasse Talbot.

Estou de braços com mais uma protegida. Quando deixei Colette, terça, depois do jantar, o tempo estava tão bom que desci de carro até o

Quartier Latin. Sentei-me no terraço de um café, fumei um cigarro. À mesa vizinha, havia uma garota que devorava com os olhos meu pacote de Chesterfield. Pediu-me um. Falei com ela, evitou minhas perguntas, levantou-se para sair. Devia ter uns 15 anos, nem estudante nem prostituta, ela me intrigava. Propus levá-la para casa de carro. Recusou, hesitou e terminou por dizer que não tinha onde dormir. Tinha fugido naquela manhã do centro onde a assistência pública a havia colocado. Fiquei com ela em casa dois dias. Sua mãe meio débil mental e o padrasto que a detesta renunciaram aos direitos sobre ela. O juiz encarregado de seu caso prometeu enviá-la a um lar onde poderia aprender um ofício. Enquanto aguarda, vive "provisoriamente", há seis meses, nessa casa de onde não sai *nunca* — salvo domingo, se quiser ir à missa — e onde não lhe dão nada para fazer. São umas quarenta adolescentes, materialmente bem servidas, mas que definham de aborrecimento, de desgosto, de desespero. À noite, distribui-se para cada uma um sonífero. Elas dão jeito de colocá-lo de lado e, um belo dia, engolem tudo de uma vez. "Uma fuga, uma tentativa de suicídio: é preciso isso para que o juiz se lembre de nós", disse-me Marguerite. As fugas são frequentes, fáceis e, se não duram muito, não acarretam punições.

Jurei-lhe que moveria céus e terra para que a transferissem para um lar, e a moça convenceu-se de que deveria voltar para o centro. Fervia de raiva quando a vi transpor a entrada, de cabeça baixa, arrastando os pés. É uma bela moça, nada boba, muito gentil e que só pede trabalho; massacram sua juventude e a de milhares de outras. Telefonarei amanhã mesmo ao juiz Barron.

Como Paris está dura! Mesmo durante essas suaves tardes de outono, essa dureza me oprime. Sinto-me essa noite vagamente deprimida. Fiz planos para transformar o quarto das crianças em uma sala mais íntima que o gabinete de Maurice ou o salão de espera. E entendo que Lucienne não viverá mais aqui. A casa ficará tranquila, mas bem vazia. E, sobretudo, me atormento por causa de Colette. Felizmente, Maurice retornará amanhã.

Quarta-feira, 22 de setembro

Eis uma das razões — a principal — pela qual não tenho nenhuma vontade de me fechar numa profissão: não lidaria bem com o fato de não ficar totalmente à disposição das pessoas que precisam de mim. Passo quase todos os meus dias à cabeceira de Colette. Sua febre não baixa. "Não é grave", disse Maurice. Mas Talbot pede exames. Ideias aterradoras passam pela minha cabeça.

O juiz Barron me recebeu de manhã. Muito cordial. Ele acha o caso de Marguerite Drin pungente. E há milhares iguais. O drama é que não há nenhum lugar para abrigar essas crianças, nem pessoal para cuidá-las convenientemente. O governo nada faz. Então, os esforços dos juízes de menores, dos assistentes sociais se quebram contra um muro. O centro onde Marguerite se encontra não passa de um lugar de trânsito. Após três ou quatro dias, elas deveriam ser enviadas para outro lugar. Mas para onde? É o nada. As jovens ficam lá, onde nada foi previsto para ocupá-las ou distraí-las. Todavia, ele tentará encontrar uma ocupação, em algum lugar, para Marguerite. E vai recomendar aos assistentes do centro que me autorizem visitá-la. Os pais não assinaram o documento que retiraria, definitivamente, seus direitos sobre ela, mas não resta dúvida: eles não pegarão a menina de volta; não a querem e, para ela também, seria a pior solução.

Saí do palácio irritada com a negligência do sistema. O número de jovens delinquentes aumenta e não encaram outra medida que não seja redobrar a severidade.

Como me encontrasse diante da porta da Sainte-Chapelle, entrei, subi a escada em caracol. Havia turistas estrangeiros e um casal que olhava os vitrais, de mãos dadas. Eu pouco olhei. Pensava em Colette de novo e me inquietava.

E me preocupo. Não consigo ler. A única coisa que poderia me aliviar seria conversar com Maurice; ele não chegará antes da meia-noite. Depois que voltou de Roma, passa as noites no laboratório com Talbot e Couturier. Diz que se aproximam da meta. Posso compreender que sacrifique tudo em nome de suas pesquisas. Mas é a primeira vez em minha vida que tenho uma grande preocupação sem que ele a compartilhe.

Sábado, 25 de setembro

A janela estava escura. Eu já esperava. Desde — desde quando? — quando excepcionalmente saía sem Maurice, na volta, havia sempre um raio de luz filtrado pelas cortinas vermelhas. Subia os dois andares correndo, tocava a campainha, impaciente demais para procurar a chave. Subi sem correr, pus a chave na fechadura. Como o apartamento estava vazio! Como está vazio! Claro, pois não tem ninguém dentro.

Mas não, geralmente, quando volto para casa, encontro Maurice, mesmo em sua ausência. Essa noite, as portas se abrem para peças desertas. Onze horas. Amanhã saberemos o resultado dos exames e tenho medo. Tenho medo e Maurice não chega. Eu sei. É preciso que suas pesquisas deem resultado. Apesar de tudo, estou com raiva dele. "Preciso de você e você não está!" Tenho vontade de escrever essas palavras num papel e deixá-lo bem à vista, no vestíbulo, antes de me deitar. Senão eu me calarei como ontem, como anteontem. Ele estava sempre perto quando precisava dele...

Reguei as plantas, comecei a arrumar as estantes e parei de repente. Fiquei espantada com sua indiferença quando lhe falei sobre a instalação da saleta de estar. É necessário confessar a verdade. Sempre quis a verdade, e se a obtive foi porque a desejava. Pois bem! Maurice mudou. Deixou-se devorar pela profissão. Não lê mais, não ouve música. (Gostava tanto de nosso silêncio e de seu rosto atento quando ouvíamos Monteverdi ou Charlie Parker.) Não passeamos mais em Paris ou nos arredores. Não temos mais verdadeiras conversas. Está se tornando parecido com seus colegas, que não passam de máquinas de fazer carreira ou de ganhar dinheiro. Sou injusta. Ele pouco se incomoda com o dinheiro ou o êxito social. Mas depois que, contra minha vontade, decidiu, há dez anos, especializar-se, pouco a pouco — e é justamente o que eu temia — endureceu. Mesmo em Mougins, este ano, ele me parecia distante, ávido para voltar à clínica e ao laboratório, distraído e taciturno. Vamos! É melhor admitir a verdade até o fim. Eu estava com o coração apertado no aeroporto de Nice por causa daquelas férias malogradas. E, se tive nas salinas abandonadas uma felicidade tão intensa, foi porque Maurice, a centenas de quilômetros, voltava a estar próximo. (Coisa curiosa é um diário! O que se cala é muito mais importante do que o que se escreve.) Pode-se dizer que sua vida privada não lhe concerne mais. Na primavera passada, como renunciou, facilmente, à nossa viagem a Alsácia! Todavia, minha decepção o afligiu. Disse-lhe alegremente: "A cura da leucemia bem merece alguns sacrifícios!" A medicina, outrora, para Maurice, era gente de carne e osso a tratar. (Estava tão decepcionada, tão desamparada, durante meu estágio em Cochin, com a fria bondade dos mestres, com a indiferença dos estudantes; e, nos belos olhos sombrios daquele externo, encontrei uma desolação, uma raiva iguais à minha. Creio que, desde aquele instante, eu o amei.) Temo que hoje seus doentes, para ele, não passem de casos clínicos. Conhecer lhe interessa mais que curar. E, mesmo nas relações com a família, torna-se abstrato, justamente ele, que era tão vivaz, tão alegre, tão jovem aos 45 anos como quando o conheci... Sim, qualquer coisa mudou, pois escrevo escondida, sobre ele, sobre mim. Se ele o fizesse, me sentiria traída. Éramos um para o outro de uma absoluta transparência.

Ainda somos. Minha raiva nos separa. Breve, ele me terá desarmado. Vai me pedir um pouco de paciência. Após os períodos de esgotamento frenético, vem a calmaria. Ano passado também, trabalhava, com frequência, à noite. Sim, mas eu tinha Lucienne. E, sobretudo, nada me atormentava. Ele sabe muito bem que, neste momento, não consigo ler nem ouvir disco, porque tenho medo. Não deixarei nada escrito no vestíbulo, mas falarei com ele. Depois de vinte, 22 anos de casamento, relega-se tudo ao silêncio, e isso é perigoso. Penso que me ocupei demais com as meninas ao longo dos últimos anos. Colette era tão apegada e Lucienne era tão difícil! Maurice podia desejar que eu estivesse mais disponível. Ele deveria ter me feito compreender em vez de se atirar a um trabalho que o afasta de mim. É preciso que nos expliquemos.

Meia-noite. Tenho tanta pressa de encontrá-lo, de abafar essa raiva que ruge, ainda, em mim, que meus olhos permanecem fixos no relógio. Os ponteiros não andam. Eu me enervo. A imagem de Maurice se decompõe. De que serve lutar contra a doença e o sofrimento se se trata a própria mulher com tamanha irreflexão? Trata-se de indiferença. De dureza. Inútil irritar-se. Basta. Se os exames de Colette não forem bons, precisarei, amanhã, de todo o meu sangue-frio. Então, devo tentar dormir.

Domingo, 26 de setembro
Aconteceu. Aconteceu logo a mim.

Segunda-feira, 27 de setembro
Pois é! Isso me aconteceu. É normal. Devo me persuadir disso e jugular essa raiva que me sacudiu durante o dia inteiro, ontem. Maurice mentiu para mim, sim. Isso também é normal. Poderia continuar, em vez de me dizer. Devo ser-lhe grata pela franqueza, ainda que um pouco tardia.

Sábado, acabei dormindo. De vez em quando estendia a mão para sua cama, colada à minha. A coberta estava esticada. (Gosto de adormecer antes dele enquanto trabalha em seu gabinete. Através dos sonhos, escuto escorrer a água, sinto um ligeiro odor de água-de--colônia, estendo a mão, seu corpo incha as cobertas e mergulho em beatitude.) A porta de entrada bateu violentamente. Gritei: "Maurice!" Eram três horas da manhã. Eles não estiveram trabalhando até três horas. Tinham bebido e conversado. Eu me levantei da cama:

— Você chega agora? Que horas são? De onde vem?

Ele sentou-se numa poltrona. Tinha na mão um copo de uísque.

— São três horas, eu sei.

— Colette está doente, estou morrendo de preocupação e você chega em casa às três horas! Você não trabalhou até três horas.

— Colette piorou?

— Não está melhor. E você pouco se importa! É claro, quem tem a seu cargo a saúde de toda a humanidade não vai pôr na balança uma filha doente.

— Não seja agressiva.

Ele me fitava com uma gravidade um tanto tristonha e eu derreti como derreto sempre que me envolve com essa luz sombria e quente. Indaguei com mais doçura:

— Diga-me, por que voltou tão tarde?

Não respondeu.

— Vocês beberam? Jogaram pôquer? Vocês saíram? Esqueceram a hora?

Continuava calado, com uma espécie de insistência, fazendo girar o copo entre os dedos. Eu disse palavras absurdas, ao acaso, para fazê-lo sair de sua concha e lhe arrancar uma explicação:

— O que está acontecendo? Há uma mulher em sua vida?

Sem deixar de me olhar, disse:

— Sim, Monique. Há uma mulher em minha vida.

(Tudo era azul sobre nossas cabeças e sob nossos pés; percebia-se pelo estreito a costa africana. Ele me apertava em seus braços. "Se você me enganasse, eu me mataria." "Se você me enganasse, eu não precisaria me matar. Eu morreria de tristeza." Faz 15 anos. Já? O que são 15 anos? Dois mais dois são quatro. Eu amo. Só amo você. A verdade é indestrutível, o tempo não a altera.)

— Quem é?

— Noëllie Guérard.

— Noëllie! Por quê?

Deu de ombros. Evidentemente. Eu sabia a resposta: bonita, brilhante, atraente. O tipo da aventura inconsequente e que lisonjeia um homem. Tinha necessidade de lisonjas?

Sorriu-me:

— Estou contente por você ter me interrogado. Detestava ter que mentir.

— Desde quando você mente para mim?

Ele hesitou um instante:

— Eu menti em Mougins. E depois de minha volta.

Fazia cinco semanas. Estaria pensando nela em Mougins?

— Dormiu com ela quando ficou sozinho em Paris?

— Dormi.

— Você a vê muito?

— Oh! Não! Bem sabe que trabalho...

Pedi precisões. Duas noites e uma tarde desde sua volta, eu acho que é demais.

— Por que não me contou logo de uma vez?

Olhou-me timidamente e disse com pesar na voz:

— Você disse que morreria de desgosto...

— Isso a gente diz...

Subitamente, tive vontade de chorar: o mais triste é que não morrerei. Através das brumas azuis olhávamos a África, ao longe, as palavras que pronunciávamos não passavam de palavras. Atirei-me para trás. O golpe tinha me estarrecido. O estupor esvaziava-me a cabeça. Precisava de um prazo para compreender o que estava me acontecendo. "Vamos dormir", disse eu.

A cólera me acordou bem cedo. Como ele parecia inocente, com os cabelos emaranhados na testa, rejuvenescido pelo sono! (No mês de agosto, durante minha ausência, ela acordara ao lado dele. Não consigo acreditar! Por que fui com Colette para a serra? Ela não fazia tanta questão, eu que insisti.) Mentiu para mim durante cinco semanas! "Esta noite demos um grande passo em frente." E voltava da casa de Noëllie. Tenho vontade de sacudi-lo, de insultá-lo, de gritar. Dominei-me. Deixei um bilhete em meu travesseiro — "Até a noite" —, certa de que minha ausência o atingiria mais que reprimendas. À ausência não se pode responder. Caminhei ao acaso, nas ruas, obcecada por estas três palavras: "Ele me enganou!" Visualizava imagens: o olhar, o sorriso de Maurice para Noëllie. Afastava-as. Ele não olha para ela como olha para mim. Eu não queria sofrer, não sofreria, mas o rancor me sufocava: "Ele me enganou!" Dizia: "Morreria de tristeza." Sim, mas era ele que me forçava a dizer. Fora mais ardoroso do que eu na conclusão de nosso pacto: nada de compromisso, nada de licença. Rodávamos pela estradinha de Saint-Bertrand-de-Comminges e ele insistia: "Eu lhe bastarei a vida inteira?" Irritou-se porque minha resposta não lhe pareceu muito inflamada (mas que reconciliação no quarto do velho albergue, com o perfume das madressilvas entrando pela janela! Foi há vinte anos: era ontem). Ele me bastou, só vivi para ele. E ele, por um capricho, traiu nosso juramento! Dizia a mim mesma: exigirei que rompa, imediatamente... Estive na casa de Colette, ocupei-me com ela o dia inteiro, mas, interiormente, eu fervia. Voltei para casa, esgotada. "Vou exigir que rompa." Mas que significa a palavra "exigência" após uma vida inteira de amor e compreensão? Nunca pedi nada que não desejasse também para ele.

Tomou-me em seus braços com um ar um pouco perdido. Tinha telefonado muitas vezes para Colette e ninguém atendera (para que ela não fosse incomodada, eu desligara a campainha). Estava louco de preocupação.

— Você não pensava mesmo que eu ia me matar, pensava?
— Imaginei tudo.

Sua ansiedade me tocou e eu o escutei sem me tornar hostil. Está certo, errou em mentir, mas é preciso que eu compreenda; a primeira hesitação arrasta para outras mentiras: não se ousa confessar porque isso implica revelar que se escondeu a verdade. O obstáculo ainda é mais intransponível para pessoas que, como nós, prezam tanto a sinceridade. (Eu reconheço: mentiria encarniçadamente para esconder uma mentira.) Nunca suportei mentiras. As primeiras de Lucienne e Colette me desolaram. Custei a admitir que todas as crianças mentem para suas mães. Não comigo! Não sou nem mãe nem mulher a quem se minta. Orgulho imbecil! Todas as mulheres se acham diferentes, todas pensam que determinadas coisas não podem lhes acontecer e todas se enganam.

Refleti bastante hoje. (É uma sorte que Lucienne esteja na América. Teria que fingir para ela, e ela não me deixaria em paz.) Fui falar com Isabelle. Ela me ajudou como sempre. Tinha medo de que não me compreendesse, pois ela e Charles optaram pela liberdade, e não pela fidelidade, como eu e Maurice. Mas isso não impediu, me confessou, de ter crises de cólera contra o marido nem de se sentir, às vezes, insegura. Faz cinco anos. Ela pensou que ele fosse deixá-la. Aconselhou-me paciência. Ela estima bastante Maurice. Acha natural que ele tenha querido uma aventura, desculpável que me tenha, a princípio, escondido. Certamente, ele logo se cansará. O que dá sabor a esse gênero de coisas é a novidade. O tempo trabalha contra Noëllie. O prestígio que possa ter aos olhos de Maurice se desvanecerá. Se quero que nosso amor saia indene dessa prova, é necessário que eu não dê uma de vítima nem de megera. Simplesmente. "Seja compreensiva e alegre, sobretudo seja amiga", disse. Foi assim que, finalmente, ela reconquistou Charles. A paciência não é minha maior virtude. Mas é verdade que devo me esforçar. E não somente por tática, mas por ética. Tive, exatamente, a vida que desejei: devo merecer esse privilégio. Se baqueio no primeiro golpe, tudo o que penso de mim é apenas ilusão. Puxei a papai: sou intransigente. Maurice estima que seja assim, mas, contudo, devo adaptar-me e compreender os outros. Isabelle tem razão: é normal que um homem tenha uma aventura após 22 anos de casado. Se não o admitisse, eu é que seria anormal — infantil, em suma.

Deixando Isabelle, não tinha nenhuma vontade de ver Marguerite. Mas ela me escrevera uma cartinha comovente, não poderia decepcioná-la. Que tristeza esse salão de visitas, esses rostos de adolescentes oprimidas! Mostrou-me desenhos bastante bons. Gostaria de estudar decoração ou, ao menos, ser vitrinista. Em todo caso, trabalhar. Repeti-lhe as promessas do juiz. Falei-lhe das diligências que havia feito para obter a autorização de sair aos domingos com ela. Tem confiança em mim e me estima bastante; será paciente, mas não indefinidamente.

Essa noite saio com Maurice. Conselhos de Isabelle e do Correio Sentimental: para retomar seu marido, seja alegre, elegante, saiam juntos, sozinhos. Não tenho que retomá-lo: não o perdi. Mas tenho ainda muitas perguntas a lhe fazer e a conversa será mais descontraída se jantarmos fora. Não quero, sobretudo, que pareça uma prestação de contas.

Um detalhe bobo me aborrece: por que ele tinha um copo de uísque na mão? Eu chamei: "Maurice!" Estando acordada às três da manhã, adivinhou que eu ia interrogá-lo. Geralmente, não bate com tanto estrondo a porta de entrada.

Terça-feira, 28 de setembro
Bebi demais e Maurice ria, dizendo que eu era encantadora. É engraçado. Foi necessário que me enganasse para que ressuscitássemos as

noitadas de nossa juventude. Nada pior que a rotina. Os choques fazem acordar. Depois de 1946, Saint-Germain-des-Prés mudou muito. As pessoas são diferentes. "E é uma outra época", disse Maurice com um pouco de tristeza. Mas fazia 15 anos que eu não punha os pés numa boate, e tudo me encantou. Dançamos. Em um dado momento, ele me apertou com força: "Nada mudou entre nós." E nós conversamos sem parar. Eu estava numa doce bebedeira e esqueci um pouco o que ele me disse. No geral, era bem o que eu supunha: Noëllie é uma advogada brilhante e ambiciosa; é sozinha — divorciada, com uma filha —, costumes livres, mundana, muito atirada: o contrário de mim. Maurice teve vontade de saber se agradaria a esse gênero de mulher. "Se eu quisesse..." — eu me perguntava o mesmo quando flertei com Quillan: único flerte de minha vida e com quem parei cedo. Em Maurice, como na maioria dos homens, dorme um adolescente não muito seguro de si. Noëllie deu-lhe segurança. É também uma questão de pele: ela é apetitosa.

Quarta-feira, 29 de setembro

Era a primeira vez que, com meu conhecimento, Maurice passava a noite com Noëllie. Fui ver com Isabelle um antigo filme de Bergman e comemos no Hochepot uma "fondue bourguignonne". Gosto muito de sair com ela. Ela preservou o ardor de nossa adolescência, quando cada filme, cada livro, cada quadro era de tão grande importância. Agora que minhas filhas me deixaram, lhe farei companhia com mais frequência em exposições e concertos. Casando, ela também parou seus estudos, mas conservou uma vida intelectual mais intensa que a minha. Deve-se levar em conta que só educou um filho, não duas filhas. Além disso, ela não se embaraça, como eu, toda hora com pessoas necessitadas. Casada com engenheiro, tem pouca ocasião de encontrá-las. Disse-lhe que havia adotado, sem custo, a tática do sorriso, uma vez que estou convencida de que essa história não tem muita importância para Maurice. "Não há nada diferente entre nós", dissera ele, anteontem.

Com efeito, eu me atormentara muito mais dez anos atrás. Se ele tinha novas ambições, se seu trabalho na Simca — rotineiro, malpago, mas que lhe deixava folgas e que ele fazia devotadamente — não lhe bastava, era que se aborrecia em casa e seus sentimentos por mim tinham se atenuado. (O futuro me provou o contrário. Apenas lastimo não participar do que ele faz. Ele me falava dos doentes, assinalava os casos interessantes, eu procurava ajudar. Agora, estou excluída de suas pesquisas e os clientes da policlínica não necessitam de mim.) Naquela ocasião, Isabelle também me foi útil. Convenceu-me a respeitar a liberdade de Maurice. Era renunciar a um velho ideal que meu pai tinha encarnado e continuava vivo em mim. Era mais difícil que fechar os olhos a uma extravagância.

Perguntei a Isabelle se ela era feliz:

— Não me pergunto isso, então, suponho que a resposta é sim.

Em todo caso, ela sempre acorda com prazer. Isso me parece uma boa definição da felicidade! Eu também, cada manhã, quando abro os olhos, sorrio.

Esta manhã também. Antes de deitar, havia tomado um pouco de Nembutal e adormeci logo. Maurice disse que chegou lá pela uma hora. Não lhe fiz perguntas.

O que me ajuda é não ser fisicamente ciumenta. Meu corpo não tem mais trinta anos, nem o corpo de Maurice. Eles se encontram com prazer — a bem dizer, raramente —, mas sem ardor. Ah! Eu não me engano. Noëllie tem a atração da novidade: na cama, Maurice rejuvenesce. Esse pensamento me deixa indiferente. Sentiria a rivalidade de uma mulher que trouxesse algo a Maurice. Meus encontros com Noëllie e o que ouvi dizer dela me esclarecem suficientemente. Ela encarna tudo o que nos desagrada: o arrivismo, o esnobismo, o gosto pelo dinheiro, a paixão por aparecer. Ela não tem nenhuma ideia própria, não tem sensibilidade, curva-se às modas. Há tanto impudor e exibicionismo em sua afetação que eu até me pergunto se ela não é frígida.

Quinta-feira, 30 de setembro

Colette estava com 36,9°C e de manhã se levantou. Maurice diz que é uma doença comum em Paris atualmente: febre, emagrecimento e depois a cura. Não sei por quê, ao vê-la indo e vindo em seu pequeno apartamento, compreendi um pouco o pesar de Maurice. Ela não era menos inteligente que sua irmã. A química a interessava e seus estudos iam bem, é pena que ela os tenha parado. O que vai fazer dos seus dias? Deveria aprová-la: escolheu o mesmo caminho que eu, mas eu tinha Maurice. Ela tem Jean-Pierre, evidentemente. Custa imaginar que um homem que não se ama possa preencher uma vida.

Longa carta de Lucienne, apaixonada por seus estudos e pela América.

Procurar uma mesa para a sala de estar. Ir ver a velha paralítica de Bagnolet.

Por que prosseguir neste diário se não tenho nada a anotar? Comecei-o porque minha solidão era desconcertante. Continuei por mal-estar, porque a atitude de Maurice me desconsolava. Mas agora, vendo com clareza, o mal-estar se dissipou, penso que vou abandonar este caderno.

Sexta-feira, 1º de outubro

Reagi mal, pela primeira vez. No café da manhã, Maurice disse que, de agora em diante, quando saísse à noite com Noëllie, pernoitaria na casa dela. Afirma ser mais decente para ela e para mim.

— Já que você aceita essa história, deixe-me vivê-la corretamente.

Dado o número de noites que passa no laboratório e o número de almoços que salta, concederá a Noëllie quase tanto tempo quanto a mim. Isso me revoltou. Ele me atordoou com seus cálculos. Se contarmos as horas, está certo, ele passa mais tempo comigo. Mas existem as horas de trabalho, os momentos em que lê revistas ou que saímos para visitar amigos. Quando está junto de Noëllie, só se ocupa com ela.

Terminei cedendo. Já que adotei uma atitude conciliadora, compreensiva, devo restringir-me a ela. Não lhe fazer frente. Se estrago sua aventura, ele a embelezará a distância, terá saudades. Se lhe permito vivê-la, como quer, até o fim, "corretamente", sei que se cansará depressa. É o que Isabelle pensa. Repito para mim mesma: "Paciência."

Apesar de tudo, na idade de Maurice, e é preciso que eu entenda, uma atração carnal deve ser levada em conta. Em Mougins, evidentemente, ele pensava em Noëllie. Compreendo aquela ansiedade em seu olhar, no aeroporto de Nice: perguntava-se se eu desconfiava de alguma coisa... Ou tinha vergonha de me haver mentido? Seria vergonha, e não ansiedade? Revejo o seu rosto, mas não o decifro bem.

Sábado, 2 de outubro. Manhã

Estão de pijamas, bebem café, sorriem um ao outro... Essa visão me faz mal. Quando se bate em uma pedra, sente-se primeiro um choque, a dor vem depois. Com uma semana de atraso, começo a sofrer. Antes, eu estava o que se chama baratinada. Raciocinava, afastava essa dor que se abate sobre mim esta manhã: as visões. Dou voltas e voltas no apartamento, cada passo requerendo outro. Abri seu armário. Olhei seus pijamas, suas camisas, suas cuecas, suas camisetas e comecei a chorar. Não suporto que outra possa acariciar seu rosto na doçura dessa seda, na ternura desse pulôver.

Não vigiei como devia. Pensei que Maurice envelhecia, que trabalhava demais e que eu deveria me conformar com sua frieza. Começou a me considerar mais ou menos uma irmã. Noëllie acordou seus desejos. Tenha ou não disposição, ela sabe certamente como se comportar na cama. Ele tornou a encontrar a alegria orgulhosa de dar prazer a uma mulher. Deitar não é somente deitar. Há entre eles essa intimidade que pertencia só a mim. Ao acordar, será que ele a aninha nos braços chamando-a minha gazela, meu passarinho dos bosques? Ou inventou outros nomes que pronuncia com a mesma voz? Ou inventou também outra voz? Barbeia-se e lhe sorri, os olhos mais escuros e mais brilhantes, a boca mais nua sob a máscara de espuma branca. Ele surgia na soleira da porta com um grande buquê de rosas vermelhas envoltas em celofane... Será que lhe leva flores?

Serram meu coração com uma serra de dentes bem finos.

Sábado à noite

A chegada de mme. Dormoy me tirou de minhas obsessões. Nós conversamos e dei para sua filha os pertences que Lucienne não levou. Depois de ter tido uma faxineira meio cega, uma mitômana que me atormentava com o relatório de suas desgraças, uma débil mental que me roubava, aprecio essa mulher honesta e equilibrada. Foi a única empregada que não contratei para lhe prestar um serviço.

Fui à feira. Geralmente flano muito tempo nessa rua cheia de odores, ruídos e sorrisos. Tento inventar desejos tão variados como os frutos, os legumes, os queijos, os patês, os peixes dessas bancas. Compro braçadas de outono no vendedor de flores. Hoje meus gestos eram mecânicos. Enchi rapidamente meu cesto. Um sentimento que eu jamais experimentara: a alegria dos outros me pesava.

Durante o almoço, disse a Maurice:

— Nós não falamos, afinal. Não sei nada sobre Noëllie.

— Mas eu já lhe disse o essencial.

É verdade que ele me falou dela no Club 46: lastimo ter escutado tão mal.

— Não compreendo muito bem o que você vê de especial nela: existem tantas mulheres igualmente bonitas.

Refletiu:

— Ela tem uma qualidade que deveria lhe agradar: um modo de se dedicar a fundo a tudo o que faz.

— Sei que ela é ambiciosa.

— Não é bem ambição.

Ele parou, embaraçado sem dúvida por elogiar Noëllie diante de mim. É preciso dizer que eu não devia ter um ar muito encorajador.

Terça-feira, 5 de outubro
Passo tempo demais em casa de Colette depois que ela se recuperou. Apesar da sua grande gentileza, sinto que minha solicitude corre o risco de importuná-la. Quando se viveu de tal maneira para os outros, é um pouco difícil começar a viver para si. Não cair nas armadilhas da dedicação: sei muito bem que as palavras dar e receber são intercambiáveis e como eu tinha necessidade da necessidade que minhas filhas tinham de mim. Nesse sentido, nunca blefei. "Você é maravilhosa", dizia-me Maurice. Ele me dizia isso frequentemente, a qualquer pretexto. "Porque, para você, dar prazer aos outros é antes dar prazer a você mesma." Eu ria: "É verdade, é uma forma de egoísmo." Aquela ternura em seus olhos: "A mais deliciosa que existe."

Quarta-feira, 6 de outubro
Entregaram ontem a mesa que encontrei domingo no mercado das pulgas. Uma verdadeira mesa de fazenda em madeira rugosa, um pouco restaurada, grande e pesada. A sala de estar está ainda mais bonita do que o nosso quarto. Eu me alegrava em pensar o prazer que ele teria de manhã, apesar de minha tristeza de ontem. Cinema, Nembutal, creio que é um regime que me cansará depressa. Por certo, ele me felicitou. Mas o quê! Há dez anos, eu tinha arrumado esse cômodo durante a temporada que ele passara junto de sua mãe doente. Eu me lembro de seu rosto, de sua voz: "Como será bom ser feliz aqui!" Acendeu um bom fogo na lareira. Desceu para comprar champanhe e me trouxe também rosas vermelhas. Esta manhã ele olhava, aprovava com um ar — como dizer? — de boa vontade.

Mudou verdadeiramente? Em um sentido, sua confissão tinha me tranquilizado: se ele tem um caso, tudo está explicado. Mas, se ele continuasse o mesmo, teria tido um caso? Eu o havia pressentido e esta fora umas das obscuras razões da minha resistência: ninguém transforma sua vida sem transformar a si próprio. De dinheiro, de um meio brilhante, ele está cansado. Quando nós andávamos mal de vida, meu engenho o encantava: "Você é maravilhosa!" Uma simples flor, um belo fruto, um pulôver que eu lhe tricotasse eram verdadeiros tesouros. Pois bem, a sala de estar que eu arrumei com tanto amor não tem nada de extraordinário comparado ao apartamento dos Talbot. E o de Noëllie? Como será? Mais luxuoso do que o nosso, certamente.

Quinta-feira, 7 de outubro
No fundo, o que foi que eu ganhei por ele ter me dito a verdade? Agora passa as suas noites com ela e se arranja muito bem. Eu me pergunto... Mas era demasiado evidente. Aquela porta batida, o copo de uísque, tudo era premeditado. Ele provocou minhas perguntas. E eu, pobre idiota, acreditei que ele me falava por lealdade...
Meu Deus! Como a cólera é dolorosa. Acreditei não me recuperar antes da sua volta. Eu não tenho nenhuma razão de me pôr nesse estado, é um fato. Ele não sabia como se comportar, quis ser astuto diante dos problemas. Não é um crime.
Assim mesmo, gostaria de saber se ele falou por meu interesse ou por sua própria comodidade.

Sábado, 9 de outubro
Estava contente comigo mesma de tarde, porque tinha passado dois dias serenos. Escrevi uma nova carta para a assistente indicada pelo juiz Barron e que não me havia respondido. Acendi um belo fogo na lareira e comecei a tricotar um vestido. Lá pelas dez e meia, o telefone tocou. Talbot perguntava por Maurice. Disse-lhe:
— Está no laboratório. Pensei que você também estivesse.
— Quer dizer... eu deveria estar, mas estou gripado. Pensei que Lacombe já tivesse saído, vou procurá-lo no laboratório, desculpe-me por tê-la incomodado...
As últimas palavras foram muito rápidas, o tom animado. Mas eu só ouvia o silêncio de antes e depois do "quer dizer...". Fiquei imóvel, olhar fixo no telefone. Repeti dez vezes as duas réplicas, como um

velho disco arranhado: "Que você estivesse também." "Quer dizer..." E, implacavelmente, cada vez, aquele silêncio.

10 de outubro, domingo
    Voltou um pouco antes da meia-noite. Eu lhe disse:
— Talbot telefonou. Pensei que estivesse com você no laboratório.
Respondeu, sem me olhar:
— Ele não estava.
Retorqui:
— E você também não.
Houve um breve silêncio.
— De fato. Estava na casa de Noëllie. Ela havia pedido que passasse para vê-la.
— Passasse! Você ficou lá três horas. Acontece com frequência ir à casa dela quando me diz que está trabalhando?
— Que isso! Foi a primeira vez! — declarou-me, indignado, como se nunca me tivesse mentido.
— É demais, uma vez. E o que adianta ter me dito a verdade se continua mentindo?
— Tem razão. Mas eu não ousei...
Essa frase me fez dar um pulo. Tanta raiva reprimida, um tal esforço para guardar as aparências da serenidade!
— Não ousou? Será que eu sou uma megera? Mostre-me outras mulheres tão acomodadas quanto eu!
Sua voz tornou-se desagradável:
— Não ousei porque outro dia você começou a fazer contas: tantas horas para Noëllie, tantas horas para mim...
— De fato! Foi você quem me atordoou com seus cálculos!
Hesitou uns segundos e disse com ar arrependido:
— Bem! Reconheço a culpa. Não mentirei nunca mais.
Perguntei-lhe por que Noëllie tinha feito tanta questão de vê-lo.
— A situação dela não é fácil... — declarou.
A cólera me invadiu novamente:
— É o cúmulo! Ela sabia da minha existência quando deitou com você!
— O que lhe é penoso é que ela não esquece.
— Eu a incomodo? Ela o quer só para ela?
— Ela me quer...

Noëllie Guérard, essa arrivistazinha fria, bancando a amorosa, é um pouco demais!

— Posso sumir, se isso lhes convém! — exclamei.

Pôs a mão em meu braço:

— Eu lhe peço, Monique, não encare as coisas assim!

Parecia cansado e triste, e eu, que me perturbo por um único suspiro seu, não estava com ânimo de me compadecer. Disse secamente:

— E como quer que eu as encare?

— Sem hostilidade. Bem, fiz mal em começar esse caso. Mas agora, que é fato consumado, é preciso que eu tente sair dessa situação sem causar sofrimento a ninguém.

— Não lhe peço piedade.

— Não se trata de piedade! Causar-lhe mágoa, egoisticamente, me arrasa. Mas compreenda que também tenho que levar em conta Noëllie.

Levantei-me. Sentia que não me controlaria mais:

— Vamos nos deitar.

E esta noite, imagino que Maurice talvez esteja contando essa conversa à Noëllie. Como ainda não tinha pensado nisso? Eles falam deles, portanto também de mim. Entre eles existem conivências, como entre mim e Maurice. Noëllie não é somente um estorvo em nossa vida: no idílio deles, eu sou um problema, um obstáculo. Para ela, não se trata de um passatempo. Pretende manter com Maurice uma ligação séria, e é esperta. Meu primeiro impulso fora o certo. Deveria ter dado logo um basta na história, dizer a Maurice: ou ela, ou eu. Ele ficaria de mal comigo algum tempo, mas depois, sem dúvida, me teria agradecido. Não fui capaz. Meus desejos, minhas vontades, meus interesses jamais se distinguiram dos seus. Nas raras vezes em que me opus a ele, eu o fiz para seu próprio bem. Agora, precisaria agir, firmemente, contra ele. Não tenho forças para iniciar o combate. Mas não estou segura de que minha paciência não seja uma inabilidade. O mais amargo é que Maurice não me parece agradecido. Creio até que, com a velha falta de lógica masculina, me reprove pelos remorsos que sente a meu respeito. Seria necessário, então, ser mais compreensiva, mais indiferente, mais sorridente? Ah! Eu não sei mais. Nunca hesitei tanto quanto a que conduta tomar. Talvez, a propósito de Lucienne... Mas nesses momentos eu pedia conselhos a Maurice. E o mais desconcertante é a minha solidão diante dele.

Quinta-feira, 14 de outubro
Estou sendo manobrada. Quem dirige a manobra? Maurice? Noëllie? Os dois juntos? Não sei como a derrotarei: se é fingindo ceder ou resistindo. Para onde me arrastam?

Ontem, voltando do cinema, Maurice me disse, com ar precavido, que tinha um pedido a me fazer. Desejava passar o fim de semana com Noëllie. Em compensação, daria um jeito para não trabalhar nas próximas noites e teríamos bastante tempo disponível para nós dois. Tive um sobressalto de revolta. Seu rosto endureceu: "Não falemos mais nisso." Voltou a ser amável, mas eu estava transtornada por lhe ter recusado alguma coisa. Ele devia me julgar mesquinha ou pelo menos inamistosa. Na próxima semana, não hesitaria em mentir: a separação estaria instalada entre nós... "Trate de viver com ele essa história", disse-me Isabelle.

Antes de ir dormir, disse que, pensando bem, eu lamentava minha reação. Deixava-o livre. Não pareceu contente, ao contrário, pensei ver desencanto em seus olhos:

— Sei muito bem que lhe peço demais, eu lhe peço muito. Não pense que não tenho remorsos.

— Oh! Os remorsos! Para que servem?

— Para nada, claro. Falo por falar. Talvez seja mais sadio não tê-los.

Fiquei muito tempo acordada e acho que ele também. Em que pensaria? Eu me perguntava se fizera bem em ceder. Onde ia parar de concessão em concessão? Por enquanto não tiro nenhum benefício disso. Evidentemente, ainda é cedo. Antes que essa ligação apodreça, é preciso deixá-la amadurecer. Repito para mim mesma. E ora me acho certa, ora me acuso de covardia. Na verdade, estou desarmada porque nunca supus que eu tivesse direitos. Espero muito das pessoas que amo — demais, talvez. Espero e até peço. Mas não sei exigir.

Sexta-feira, 15 de outubro
Fazia muito tempo que eu não via Maurice tão alegre, tão terno. Arranjou duas horas da tarde para me levar à exposição de arte hitita. Talvez espere conciliar nossa vida e sua aventura. Se isso não durar muito tempo, tudo bem por mim.

Domingo, 17 de outubro
Ontem, escorregou para fora da cama antes das oito. Senti o perfume de sua água-de-colônia. Fechou devagarzinho a porta do quarto

e a do apartamento. Da janela, vi-o limpando o carro com minuciosa alegria. Pareceu-me que cantarolava.

Havia um macio céu de estio por sobre as últimas folhagens do outono. (A chuva de ouro das folhas das acácias, numa estrada rosa e cinza, voltando de Nancy.) Entrou no carro, ligou o motor, e eu olhei meu lugar a seu lado, meu lugar onde Noëllie ia se sentar. Ele partiu, e eu senti doer meu coração. Guiava rapidamente e desapareceu depressa. Para sempre. Não voltará mais. Não será ele quem voltará.

Matei o tempo da melhor forma que pude: Colette, Isabelle. Vi dois filmes: Bergman duas vezes seguidas, tanto me impressionou. De noite, coloquei um disco de jazz, acendi o fogo na lareira, tricotei olhando as chamas. Em geral, a solidão não me amedronta. E até, em pequenas doses, me relaxa: as presenças que me são caras me sobrecarregam o coração. Eu me preocupo com uma ruga, com um bocejo. E para não ser importuna — ou ridícula — devo calar minhas apreensões, reprimir meus impulsos. Pensar neles, de longe, são tréguas repousantes. Ano passado, quando Maurice foi a um colóquio em Genebra, os dias pareceram curtos. Este fim de semana não acaba mais. Abandonei meu tricô porque ele não me protegia. O que eles estão fazendo, o que estão dizendo, onde estão, como se olham? Achei que poderia me preservar dos ciúmes, mas não. Revirei seus bolsos e seus papéis, sem nada encontrar, bem entendido. Certamente ela lhe escreveu quando ele estava em Mougins. Ele ia buscar suas cartas na posta-restante, às escondidas. Guardou-as em algum lugar, na clínica. Se lhe pedisse para vê-las, ele me mostraria?

Pedir... a quem? A esse homem que passeia com Noëllie, de quem não posso, nem quero, imaginar o rosto e as palavras? Será o mesmo? Aquele que eu amo e que me ama? Eu não sei mais. Não sei se não estarei fazendo uma tempestade num copo d'água...

Procurei refúgio em nosso passado. Coloquei diante da lareira caixas cheias de fotografias. Encontrei aquela em que Maurice está com a braçadeira. Como estávamos unidos no dia em que, junto do cais dos Grands-Augustins, cuidávamos dos F.F.I.[6] feridos. Eis, na estrada de Cap Corse, o velho carro asmático que sua mãe nos tinha dado. Lembro-me

---

[6] Forces Françaises de l'Intérieur: conjunto de organizações de resistência na França durante a Segunda Guerra Mundial. (N.E.)

daquela noite, perto de Corte, em que o carro enguiçou. Ficamos imóveis, intimidados pela solidão e pelo silêncio. Eu disse: "É preciso tentar consertar." "Beije-me primeiro", disse Maurice. Ficamos muito tempo nos beijando e parecia que nem o frio nem a fadiga, nada no mundo poderia nos atingir.

É curioso. Será que isso significa alguma coisa? Todas as lembranças que me vêm à mente têm mais de dez anos: a libertação de Paris, a volta de Nancy, a inauguração de nossa nova casa, essa pane na estrada de Corte. Posso lembrar outras: nossos derradeiros verões em Mougins, Veneza, meu aniversário de quarenta anos. Elas não me tocam da mesma forma. Talvez as lembranças mais distantes pareçam sempre mais belas.

Estou cansada de fazer perguntas, de não ter respostas. Sinto-me perdida. Não reconheço mais o apartamento. Os objetos parecem imitação deles próprios. A pesada mesa da sala de estar é oca. Como se tivessem projetado a casa e eu própria numa quarta dimensão. Não ficaria espantada se, saindo, me encontrasse numa floresta pré-histórica ou numa cidade do ano 3000.

Terça-feira, 19 de outubro
Tensão entre nós. Por culpa minha ou dele? Acolhi-o com naturalidade, contou-me seu fim de semana. Estiveram na Sologne. Parece que Noëllie adora a Sologne. (Ela terá gosto?) Sobressaltei-me quando disse que, ontem, tinham jantado e dormido na Hospedaria de Forneville.

— Naquele lugar tão esnobe e tão caro?

— É muito bonito — disse Maurice.

— Isabelle disse que era pitoresco para americanos: cheio de plantas e pássaros e antiguidades falsas.

— Tem plantas, pássaros e antiguidades, falsas ou verdadeiras. Mas é muito bonito.

Não insisti. Senti sua voz endurecer. Em geral, o que agrada a Maurice é descobrir os pequenos bistrôs bem simples, onde se come bem, o hotel pouco frequentado, perdido num belo lugar. Bem, admito que vez ou outra faça concessões a Noëllie, mas não tem necessidade de fingir apreciar as vulgaridades que a encantam. A menos que ela venha ganhando influência sobre ele. No mês de agosto, viu com ela o último de Bergman, em projeção particular (Noëllie só vai às projeções privadas ou às pré-estreias), e não o achou bom. Ela deve ter lhe demonstrado que Bergman está fora de moda, pois não tem outro critério. Deslumbra-se porque parece estar a par de tudo. Revejo-a naquele jantar na casa de Diana, ano passado. Fez um curso sobre os *happenings*. Além disso, falou muito sobre o processo Rampal que acabava de ganhar. Um espetáculo verdadeiramente ridículo. Luce Couturier parecia constrangida, e Diana me deu uma piscadela conivente. Mas os homens escutavam boquiabertos e, entre eles, Maurice. Todavia, não é do seu costume cair nesse gênero de blefe.

Não deveria atacar Noëllie, mas, às vezes, é mais forte do que eu. Não discuti a respeito de Bergman, mas à noite, ao jantar, tive uma briga estúpida com Maurice porque ele sustentava que se podia muito bem beber vinho tinto com peixe. Reação típica de Noëllie: conhecer tão bem os usos e não se conformar com eles. Então defendi o costume que associa peixe a vinho branco. Nós nos alteramos. Que tristeza! De qualquer modo, eu não gosto de peixe.

Quarta-feira, 20 de outubro

Na noite em que Maurice me falou, acreditei que eu deveria enfrentar uma situação desagradável, mas nítida. E ignoro onde estou, contra o que devo lutar, se a questão é lutar e por quê. Em casos análogos, as outras mulheres ficam igualmente desamparadas? Isabelle repete que o tempo trabalha a meu favor. Gostaria de acreditar. Para Diana, desde que seu marido trate bem dela e dos filhos, é indiferente que a engane ou não. Ela seria incapaz de me dar um conselho. Apesar de tudo, eu lhe telefonei, visto que desejava informações sobre Noëllie. Ela a conhece, mas não gosta dela. (Noëllie deu em cima de Lemercier, que a repeliu. Ele não gosta de quem se atira em seus braços.) Pedi-lhe que me dissesse há quanto tempo estava a par do que acontecia a Maurice. Fingiu surpresa declarando que Noëllie não lhe dissera nada. Elas não são muito íntimas. Contou-me que, aos vinte anos, Noëllie fizera um casamento muito rico. Seu marido divorciou-se (sem dúvida, porque já se cansara de ser enganado), mas ela obteve uma ótima pensão alimentícia. Ela sabe extorquir magníficos presentes, entende-se às mil maravilhas com a segunda mulher dele e passa longas temporadas em sua propriedade de La Napoule. Deitou com uma porção de caras, em geral úteis à sua carreira — e agora deve desejar uma união sólida. Mas deixará Maurice de lado se conseguir agarrar um homem mais rico e mais famoso que ele. (Eu preferiria que ele tomasse a iniciativa.)

Sua filha tem 14 anos e é educada da maneira mais esnobe possível: equitação, ioga, vestidos de Virginie. Está na Escola Alsaciana com a segunda filha de Diana, onde faz presepadas incríveis e, ao mesmo tempo, se queixa de que sua mãe não liga para ela. Diana diz que Noëllie cobra aos clientes honorários exorbitantes, que cuida excepcionalmente de sua publicidade e que é capaz de tudo para vencer. Falamos de suas gabolices do ano passado. Estupidamente, esse massacre me aliviava. Aquilo parecia uma feitiçaria mágica: ali, onde se enfia um alfinete, a rival ficará mutilada, desfigurada, e o amante verá suas feridas repugnantes. Parecia-me impossível que nosso retrato de Noëllie não se impusesse a Maurice. (Há uma coisa que eu lhe direi: não foi ela quem advogou o caso Rampal.)

Quinta-feira, 21 de outubro
Maurice logo ficou na defensiva:
— Isso é coisa de Diana: ela detesta Noëllie!
— É verdade — disse. — Mas, se Noëllie sabe, por que mantém relações com ela?
— E por que Diana vê Noëllie? São relações mundanas. Então — perguntou com um arzinho de desafio —, o que foi que Diana lhe contou?
— Você dirá que são maledicências.
— Isto é claro: as mulheres que não fazem nada não suportam as que trabalham.
("As mulheres que não fazem nada": a frase me ficou na garganta. Não parecia de Maurice.)
— E as mulheres casadas não gostam das que dão em cima de seus maridos — disse eu.
— Ah! É a versão de Diana? — comentou Maurice com ar divertido.
— Evidentemente, Noëllie afirma o inverso: a verdade de cada um... Olhei para Maurice:
— E no seu caso, quem se adiantou?
— Já lhe contei como isso se passou.
É, no Club 46 ele me contou, mas não estava muito claro. Noëllie levou-lhe a filha, que tinha anemia, ele propôs passarem a noite juntos, ela aceitou e foram para a cama. Oh! Isso não me interessa. Continuei:
— Se quer saber, Diana julga Noëllie interesseira, arrivista e esnobe.

— E você acredita piamente?

— Em todo caso, Noëllie é mentirosa.

Falei-lhe do caso Rampal, que ela pretende ter advogado quando era apenas a assistente de Brévant.

— Mas ela nunca disse o contrário. Considera que é seu processo à medida que trabalhou muito nele. É tudo.

Ou ele mentia, ou sofismava suas lembranças. Estou quase certa de que ela falou de sua defesa.

— De qualquer forma, ela se atribuía todo o sucesso da causa.

— Escute — exclamou alegremente —, se ela tem todos os defeitos que você lhe atribui, como explica que eu possa passar cinco minutos com ela?

— Não explico.

— Não vou fazer sua apologia, mas lhe asseguro que é uma pessoa estimável.

Maurice verá, em tudo o que eu disser sobre Noëllie, o efeito de meu ciúme. É melhor me calar. Mas acho que é muito antipática. Lembra-me a minha irmã: mesma segurança, mesma tagarelice, mesma elegância falsamente negligente. Parece que essa mistura de faceirice e dureza agrada aos homens. Quando eu tinha 16 anos, e Maryse 18, ela me roubava todos os flertes. A tal ponto que fiquei preocupadíssima quando lhe apresentei Maurice. Tive um pesadelo terrível no qual ele se apaixonava por ela. Ele se indignou: "Ela é tão superficial! É tão cheia de truques! Um brilhante falso, uma joia de *strass*! Você é uma joia verdadeira." Autêntica: era uma palavra na moda naquela época. Ele dizia que eu era autêntica. Em todo caso, era a mim que amava e eu não invejei mais minha irmã, fiquei contente de ser o que era. Mas então, como pode amar Noëllie, que é da mesma espécie que Maryse? Ele me escapa inteiramente, pois se compraz com alguém que me desagrada em absoluto — e que deveria lhe desagradar se fosse fiel a nosso código. Decididamente, ele mudou. Deixa-se enganar pelos falsos valores que nós desprezávamos. Ou, simplesmente, Noëllie o ilude. Gostaria que seus olhos se abrissem de uma vez. Começo a perder a paciência.

"As mulheres que não fazem nada não suportam as que trabalham." A frase me surpreendeu e magoou. Maurice acha bom que a mulher tenha uma profissão. Deplorou muito Colette por escolher o casamento, a vida do lar, e ficou mesmo ressentido por eu não tê-la dissuadido.

Mas, enfim, admite que, para as mulheres, existem outras maneiras de realização. Nunca achou que eu não fazia "nada", ao contrário, espantava-se por me ocupar tão seriamente com os casos que me mostrava e, ao mesmo tempo, tomar tão bem conta da casa e não perder de vista nossas filhas. E tudo isso sem parecer tensa ou sobrecarregada. As outras mulheres lhe pareciam sempre muito passivas ou muito agitadas. Eu tinha uma vida equilibrada — ele dizia: "harmoniosa", mesmo. "Em você, tudo é harmonioso." É insuportável para mim que fique do lado de Noëllie em seu desdém pelas mulheres "que não fazem nada".

Domingo, 24 de outubro
Começo a ver claramente o jogo de Noëllie: tenta reduzir-me ao papel de mulher caseira, amante e resignada que se deixa em casa. Gosto de ficar com Maurice ao pé do fogo, mas acho irritante que seja sempre ela que ele leve ao concerto, ao teatro. Sexta-feira, eu protestei quando me disse que tinha ido com ela a um *vernissage*.

— Você tem horror dos *vernissages*! — respondeu-me.
— Mas gosto de pintura.
— Se a exposição fosse boa, voltaria para vê-la com você.

Fácil de dizer. Noëllie lhe empresta livros. Ela banca a intelectual. Estou de acordo que conheço menos do que ela a literatura e a pintura moderna. Mas no geral não sou menos culta que ela nem menos inteligente. Maurice me escreveu certa vez que se fiava em meu julgamento mais do que em qualquer outro por ser ele ao mesmo tempo "esclarecido e ingênuo". Procuro exprimir exatamente o que penso e o que sinto, e ele também. Nada nos parece mais precioso que essa sinceridade. Não devo deixar Noëllie maravilhar Maurice com suas firulas. Pedi a Isabelle que me ajudasse a me atualizar. Escondida de Maurice, evidentemente, senão ele zombaria de mim.

Ela continua a me aconselhar a ter paciência. Assegura-me que Maurice não mudou para pior, que devo conservar minha estima e minha amizade por ele. Fez-me bem o que disse dele. De tanto me interrogar a seu respeito, de desconfiar, de censurá-lo, acabei por desconhecê-lo. É verdade que, nos primeiros anos, entre seu consultório na Simca e o pequeno apartamento onde as crianças gritavam, sua vida teria sido austera se nós não nos amássemos tanto. Foi por minha causa que ele renunciou a ser médico interno, disse-me Isabelle. Poderia querer-me mal por isso... Nisso não estou de acordo. A guerra o atrasara, os estudos começaram a exasperá-lo, desejava uma vida adulta. Nós dois fomos responsáveis por minha gravidez e, sob Pétain, era impossível arriscar um aborto. Não. Querer-me mal seria injusto. Nosso casamento o fez tão feliz quanto a mim. Entretanto, foi um de seus méritos se mostrar tão alegre, tão terno nas situações ingratas e mesmo difíceis. Até esse caso, eu não tive jamais nem a sombra de uma reprovação a lhe fazer.

Essa conversa me deu coragem: pedi a Maurice que passássemos juntos o próximo fim de semana. Gostaria que ele encontrasse comigo uma alegria, uma intimidade um pouco esquecida e também que se lembrasse de nosso passado. Propus que voltássemos a Nancy. Teve o ar perplexo e abatido, do tipo que sabe que terá cenas do outro lado. (Gostaria bem que ela lhe provasse que a partilha é impossível.) Não disse sim nem não: tudo depende de seus doentes.

Quarta-feira, 27 de outubro
Decididamente, ele não poderá deixar Paris este fim de semana. Isso significa que Noëllie se opôs. Eu me insurgi. Pela primeira vez chorei diante dele. Pareceu consternado: "Oh! Não chore. Tentarei encontrar um substituto!" Terminou por me prometer que se arranjaria; ele também deseja este fim de semana. É verdade ou não? Mas o que é certo é que minhas lágrimas o transtornaram.

Passei uma hora no parlatório com Marguerite. Ela se impacienta. Como os dias devem ser longos. A assistente é gentil, mas não pode deixá-la sair comigo sem uma autorização, que não chega. Sem dúvida, por simples negligência, porque ofereço todas as garantias morais.

Quinta-feira, 28 de outubro
Então vamos sair sábado e domingo. "Eu dei um jeito!", disse-me em tom triunfante. Estava visivelmente orgulhoso por ter sido firme com Noëllie; demasiado orgulhoso. Isso significa que a luta foi acirrada, por conseguinte que ela conta muito para ele. Achei-o nervoso a noite toda. Bebeu dois copos de uísque em vez de um e fumou um cigarro atrás do outro. Punha uma excessiva animação em estabelecer nosso itinerário e minha reserva o decepcionou.

— Você não está contente?
— Claro que sim.

Estava contente pela metade. Noëllie tomou tanto lugar em sua vida que ele tinha que lutar com ela para passar comigo um fim de semana? E estou eu própria a ponto de considerá-la uma rival? Não. Recuso as recriminações, os cálculos, as perfídias, as vitórias, as derrotas. Prevenirei Maurice: "Não o disputarei com Noëllie."

Segunda-feira, 1º de novembro
Aquilo se parecia tanto com o passado: eu chegava quase a acreditar que o passado ia renascer daquela semelhança. Nós rodamos pela cerração e depois sob um belo sol frio. Em Bar-le-Duc, em Saint-Mihiel, revimos com a mesma emoção de outrora as obras de Ligier Richier; fui eu que o apresentei a elas. Depois viajamos bastante, vimos muita coisa e o "Décharné" nos surpreendeu ainda. Em Nancy, diante das grades da praça Stanislas, senti no coração a aguda presença de uma felicidade dolorosa, tão insólita ela havia se tornado. Nas velhas ruas provincianas, eu apertava seu braço contra o meu ou às vezes ele o passava em torno de meus ombros.

Falamos sobre tudo, sobre nada e muito sobre nossas filhas. Ele não pode compreender a razão pela qual Colette se casou com Jean-Pierre. Sonhava para ela uma carreira brilhante na química ou na biologia, e nós lhe teríamos dado liberdade afetiva e sexual. Ela sabia disso. Por que se enfeitiçou por esse rapaz tão comum a ponto de lhe sacrificar seu futuro?

— Ela está contente com ele — disse eu.
— Gostaria que ela ficasse contente de outro modo.

A partida de Lucienne, sua preferida, o entristece ainda mais. Mesmo tendo aprovado seu desejo de independência, ele teria preferido que ela ficasse em Paris, cursasse a Faculdade de Medicina e se tornasse sua colaboradora.

— Então ela não seria independente.
— Claro que sim. Teria sua própria vida mesmo trabalhando comigo.

Os pais nunca têm as filhas de seus sonhos, pois fazem delas certa ideia, à qual elas deveriam se curvar. As mães aceitam-nas como são. Colette, antes de mais nada, tinha necessidade de segurança, e Lucienne de liberdade. Cada uma a seu modo, Colette tão sensível, tão humana, Lucienne tão enérgica, tão brilhante, acho que as duas se realizaram.

Nós ficamos no mesmo hotelzinho de vinte anos atrás e, talvez em outro andar, num quarto igual. Eu me deitei primeiro e fiquei a olhá-lo, metido em seu pijama azul, indo e vindo, descalço sobre o tapete gasto. Não parecia nem contente nem triste. E a lembrança me cegou:

imagem cem vezes evocada mas não gasta, brilhando de frescura: Maurice caminhando descalço sobre esse tapete, usando um pijama preto. Levantara a gola e suas pontas enquadravam seu rosto. Falava a torto e a direito com uma excitação infantil. Compreendi que eu viera na esperança de encontrar aquele homem perdido de paixão. Há anos e anos que não o encontro, mas a sua lembrança se superpõe como um véu diáfano sobre as outras visões que tenho dele. Esta noite, precisamente, porque o cenário era o mesmo, no contato com o homem de carne e osso que fumava um cigarro, a velha imagem se esfarelou em pó. Tive uma revelação fulminante: *o tempo passa*. Comecei a chorar. Sentou-se à beira da cama e me abraçou ternamente:

— Minha querida, minha pequena, não chore! Por que está chorando?

E acariciava meus cabelos e me dava beijinhos nas têmporas.

— Não é nada. Acabou — disse-lhe. — Estou bem.

Eu estava bem, o quarto imerso numa agradável penumbra. Os lábios, as mãos de Maurice eram ternos, minha boca se pôs sobre a dele, deslizei a mão sob o paletó de seu pijama. De repente, ele ficou de pé, me repeliu num sobressalto. Murmurei:

— Eu lhe desagrado a esse ponto?!

— Você está louca, minha querida! Mas estou morto de cansaço. Foi o ar livre, a caminhada. Preciso dormir.

Eu me afundei nas cobertas. Ele deitou-se, apagou a luz. Parecia-me estar no fundo de um túmulo, o sangue gelado nas veias, incapaz de me mexer ou de chorar. Não tínhamos feito amor desde Mougins, se é que pode se chamar aquilo de fazer amor... Adormeci às quatro da manhã. Quando acordei, ele estava entrando no quarto, todo vestido. Era por volta das nove horas. Perguntei-lhe de onde vinha.

— Fui dar uma volta.

Mas lá fora chovia, e ele não tinha levado a capa. Não estava molhado. Fora telefonar para Noëllie. Ela exigiu que ele lhe telefonasse, não teve a generosidade de deixá-lo inteiramente para mim durante um infeliz fim de semana. Não disse nada. O dia se arrastou. Cada um se dava conta de que o outro se esforçava por ser amável e alegre. Concordamos em voltar para jantar em Paris e terminar a noite em um cinema.

Por que me repeliu? Ainda sou abordada nas ruas, bolinada nos cinemas. Engordei um pouco, não muito. Meus seios se estragaram depois do nascimento de Lucienne, mas há dez anos Maurice os achava excitantes. E há dois anos Quillan morria de vontade de dormir comigo. Não. Se Maurice teve aquele sobressalto, é porque está apaixonado por Noëllie: não poderia dormir com outra. Se está apaixonado a esse ponto e se, ao mesmo tempo, se deixa encantar por ela, as coisas são muito mais graves do que eu imaginava.

Quarta-feira, 3 de novembro
A gentileza de Maurice é quase penosa: lastima o incidente de Nancy. Mas nunca mais me beijou na boca. Sinto-me uma perfeita miserável.

Sexta-feira, 5 de novembro
Comportei-me bem, mas com que esforço! Felizmente, Maurice me avisara. (Pode dizer o que quiser, mas continuo pensando que ele deveria tê-la impedido de ir.) Quase fiquei em casa. Ele insistiu: nós não saímos com tanta frequência, não ia me privar daquele coquetel, ninguém entenderia minha ausência. Ou pensava que entenderiam bem demais? Eu olhava os Couturier, os Talbot, todos os amigos que foram tantas vezes lá em casa, e me perguntava em que medida estavam a par, se às vezes Noëllie os recebia com Maurice. Talbot não é íntimo de Maurice, mas evidentemente, depois da noite de sua gafe ao telefone, compreendeu algumas coisas que se passavam às minhas costas. Quanto a Couturier, Maurice não esconde nada dele. Escuto sua voz cúmplice: "Supõe-se que eu esteja contigo no laboratório." E os outros, será que suspeitam? Ah! Eu era tão orgulhosa de nosso casamento: um casal modelo. Nós demonstrávamos que um amor pode durar sem diminuir. Quantas vezes me vi campeã da fidelidade integral! Em migalhas o casal exemplar! Sobre um marido que engana sua mulher e uma mulher abandonada a quem se mente... E devo a humilhação a Noëllie. Isso me parece inconcebível. Sim, pode-se considerá-la sedutora, mas sem maldade: que pessoa cheia de não-me-toques! Seu sorrisinho no canto dos lábios, a cabeça um pouco pendida, aquela maneira de beber as palavras do interlocutor e, de súbito, a cabeça atirada para trás, o bonito riso de pérolas. Mulher forte e, no entanto, tão feminina. Com Maurice ela estava exatamente como no ano passado na casa de Diana: distante e íntima, e ele tinha o mesmo ar de admiração imbecil. E, como no ano passado, essa idiota da Luce Couturier me olhava constrangida. (No ano passado, Maurice já estaria atraído

por Noëllie? Isso se perceberia? Eu tinha reparado em sua expressão embevecida, mas sem pensar que teria consequência.) Disse-lhe com tom divertido:

— Acho Noëllie Guérard encantadora. Maurice tem bom gosto.

Ela franziu os olhos:

— Ah! Você está a par?

— Claro!

Convidei-a a ir lá em casa na próxima semana. Eu gostaria de saber quem sabe, quem não sabe e desde quando. Todos têm pena de mim? Dão risada? Talvez seja mesquinha, mas gostaria que morressem todos para que desaparecesse a lamentável imagem que eles têm de mim agora.

Sábado, 6 de novembro

Aquela conversa com Maurice me deixou desamparada porque ele estava calmo, amigo e parecia de boa-fé. Falando do coquetel de ontem, eu lhe disse, de boa-fé eu também, o que me incomodava em Noëllie. Antes de mais nada, a profissão de advogado me desagrada: por dinheiro, defende-se uma pessoa contra a outra mesmo que a outra tenha razão. É imoral. Maurice disse que Noëllie exerce sua profissão de modo muito simpático: não aceita qualquer causa, pede grandes honorários dos ricos, sim, mas dá assistência gratuita a muita gente. É falso dizer que é interesseira. O marido a ajudou a comprar seu escritório. E por que não, se continuam a manter excelentes relações? (Mas será que não se conservou assim para que ele lhe comprasse o escritório?) Ela quer vencer: isso não tem nada de condenável, desde que se escolham os meios. Custou-me não perder a calma:

— Você diz isso, mas nunca tentou esses meios.

— Decidi me especializar porque estava farto de estagnação.

— Antes de mais nada, você não estava estagnado.

— Intelectualmente, sim. Estava longe de tirar de mim tudo o que podia.

— Que seja. Em todo caso, você não agiu por arrivismo: queria progredir intelectualmente e resolver determinados problemas. Não era questão de dinheiro e carreirismo.

— Fazer carreira, para um advogado, não quer dizer só dinheiro e reputação. Advogam-se causas cada vez mais interessantes.

Eu disse que, para Noëllie, de qualquer maneira, o lado mundano contava enormemente.

— Ela trabalha muito. Tem necessidade de distração. — Essa foi sua resposta.

— Mas por que as noites de gala, as pré-estreias, as boates na moda? Isso me parece absurdo.

— Absurdo? Em nome do quê? Todos os divertimentos têm algo de absurdo.

Isso me desmontou. Ele detesta tanto quanto eu essas superficialidades!

— Enfim, é só ouvi-la falar cinco minutos para ver que Noëllie não é uma pessoa autêntica.

— Autêntica... O que isso quer dizer? Abusou-se muito dessa palavra.

— Você foi o primeiro.

Ele não respondeu. Eu insisti:

— Noëllie me faz pensar em Maryse.

— Não mesmo.

— Eu asseguro a você que elas se parecem. É o tipo de pessoa que não para nunca para ver o pôr do sol.

Ele riu.

— Tenho que dizer que isso também não acontece comigo com frequência.

— O quê? Tanto quanto eu, você gosta da natureza.

— Admitamos. Mas não vejo por que todo mundo teria que ter os nossos gostos.

Sua má-fé me revoltou:

— Escute — disse-lhe —, devo preveni-lo de uma coisa: não o disputarei com Noëllie. Se a prefere, o problema é seu, eu não lutarei.

— Quem está falando em lutar?

Eu não lutarei. Mas, de repente, tenho medo. Será possível que Maurice a prefira a mim? Nunca havia tido essa ideia. Eu sei que tenho — bom, deixa para lá, a palavra autenticidade talvez seja pedante — certa *qualidade* que ela não tem. "Você é de boa qualidade", dizia-me papai com orgulho. E Maurice também, em outros termos. É essa qualidade que eu prezo antes de mais nada nas pessoas — em Maurice, em Isabelle; e Maurice é como eu. Não. Impossível que prefira a mim alguém tão artificial como Noëllie. Ela é *cheap*, como se diz em inglês. Mas eu me preocupo por ele aceitar dela tantas coisas que julgo inaceitáveis. Pela primeira vez, compreendo que uma distância se abriu entre nós.

Quarta-feira, 10 de novembro
Tinha telefonado anteontem a Quillan. Ah! Não me orgulho. Tinha necessidade de me assegurar que um homem pode ainda me achar interessante. A prova está feita. E do que me adianta? Com isso, não fiquei gostando mais de mim mesma.

Não estava absolutamente decidida a dormir com ele; nem a não dormir. Demorei com minha toalete, sais perfumados em meu banho e esmalte nas unhas dos pés. É de chorar! Em dois anos, ele não envelheceu, mas emagreceu, seu rosto está mais interessante. Eu não me lembrava mais de que era tão bonito. Naturalmente, foi para me agradar que pôs tanto empenho em me convidar. Poderia ter sido em lembrança do passado, e eu temia — temia muito — que ele ficasse decepcionado. Não ficou.

— Em suma, você é feliz?
— Eu seria se a visse com mais frequência.

Era um restaurante aprazível atrás do Panthéon: velhos discos, Nova Orleans, fantasistas muito engraçados, cantores com bom repertório, gênero anarquista. Quillan conhecia quase todo mundo na sala: pintores como ele, escultores, músicos, jovens em especial. Ele próprio cantou, com acompanhamento de violão. Lembrava-se dos discos e dos pratos de que eu gostava. Comprou-me uma rosa. Tinha mil cuidados comigo e reparei como Maurice atualmente tem poucos. E me fazia também pequenos elogios um pouco tolos que eu nunca mais ouvi: sobre minhas mãos, meu sorriso, minha voz. Pouco a pouco me deixei acalentar por essa ternura. Esqueci que, naquele momento, Maurice sorria a Noëllie. Afinal de contas, eu também tinha minha parte de sorrisos. Sobre um guardanapo, ele desenhou um bonito retrato meu: verdadeiramente, eu não parecia um velho rebotalho. Bebi um pouco, não muito. E, quando ele me pediu que subisse em meu apartamento para tomar qualquer coisa, aceitei. (Havia dito que Maurice estava no campo.) Servi dois uísques. Ele não fazia nenhum gesto, mas seus olhos me observavam. Pareceu-me absurdo vê-lo sentado no lugar onde Maurice se senta habitualmente. Perdi a alegria. Estremeci.

— Você está com frio. Vou acender um bom fogo.

Pulou em direção à lareira com tanto ímpeto e tanto mau jeito que derrubou a estatueta de madeira que comprei com Maurice no Egito e de que gosto muito. Dei um grito: estava quebrada!

— Eu vou restaurá-la, é muito fácil.

Mas parecia consternado: por causa de meu grito; sem dúvida, tinha gritado muito alto. Depois de alguns instantes, eu disse que estava cansada e que devia ir dormir.

— Quando vamos nos rever?

— Eu lhe telefono.

— Você não vai telefonar. Marquemos um encontro já.

Indiquei uma data ao acaso. Eu a cancelarei. Partiu e fiquei estupidamente com um pedaço de minha estatueta em cada mão. E me pus a soluçar.

Parece-me que Maurice não gostou quando disse que tinha revisto Quillan.

Sábado, 13 de novembro

Cada vez acho que cheguei ao fundo do poço. E, em seguida, eu me afundo mais ainda na dúvida e na desgraça. Luce Couturier caiu como uma criança, a tal ponto que me pergunto se ela não fez de propósito... Essa história já dura mais de um ano. E Noëllie estava com ele em Roma em outubro! Agora compreendo a expressão de Maurice no aeroporto de Nice: o remorso, a vergonha, o medo de ser descoberto. Tem-se tendência a forjar pressentimentos tarde demais, mas, nesse caso, não estou inventando nada. Farejei alguma coisa, pois a partida do avião despedaçou minha alma. Passam-se em silêncio constrangimentos, mal-estares, para os quais não se encontra nome, mas que existem.

Deixando Luce, caminhei muito tempo sem saber aonde ia. Estava aturdida. Agora é que me dou conta: saber que Maurice dormia com outra mulher não me espantou tanto. Não foi totalmente por acaso que eu indaguei: existe uma mulher em sua vida? Sem ser jamais formulada, vaga e fugidia, a hipótese se indicava por meio das distrações de Maurice, suas ausências, sua frieza. Seria exagerado dizer que eu desconfiava. Mas, enfim, eu não caí das nuvens. Enquanto Luce me falava, eu caía, eu caía e acabei completamente arrasada. É preciso rever esse ano inteiro à luz da nova descoberta: Maurice dormia com Noëllie. Trata-se de uma longa ligação. A viagem à Alsácia que nós não fizemos. E ele me dizendo: "Sacrifico-me à cura da leucemia." Pobre idiota! Era Noëllie que o retinha em Paris. Na ocasião do jantar na casa de Diana, eles já eram amantes e Luce sabia. E Diana? Tentarei fazê-la falar. Quem sabe o caso não é mais antigo ainda? Noëllie estava com Louis Bernard há dois anos, mas talvez ela acumulasse amantes. Quando penso que estou reduzida a hipóteses! Trata-se de Maurice e de mim! Todos os meus amigos estavam a par! Evidentemente! Ah! Que importa? Não estou mais me incomodando com o que dirão. Estou por demais e radicalmente aniquilada. A ideia que podem fazer de mim pouco me importa. Trata-se de sobreviver.

"Nada mudou entre nós!" Como eu me iludi com essa frase. Queria ele dizer que nada estava mudado porque me enganava havia um ano já? Ou não queria dizer nada?

Por que mentiu? Achava que eu seria incapaz de suportar a verdade? Ou estava com vergonha? Então, por que me falou? Talvez porque Noëllie estivesse cansada de clandestinidade? De qualquer modo, o que está acontecendo comigo é pavoroso.

Domingo, 14 de novembro

Ah! Teria sido melhor que eu ficasse calada. Mas nunca tinha escondido nada de Maurice; enfim, nada sério. Não pude guardar comigo sua mentira e meu desespero. Deu um murro na mesa: "Todo esse falatório!" Seu rosto me transtornou. Conheço bem esse rosto colérico. Eu o amo. Quando se pede a Maurice um comprometimento, sua boca se crispa, seu olhar se endurece. Mas, dessa vez, eu era a pessoa visada, ou quase. Não, Noëllie não estava em Roma com ele. Não, ele não dormiu com ela antes de agosto. Viam-se de vez em quando, eu podia ter encontrado os dois juntos, era inconsequente.

— Ninguém o encontrou, mas você se abriu com Couturier, que contou tudo a Luce.

— Disse que via Noëllie, não que dormia com ela. Luce deformou tudo. Telefone a Couturier já, pergunte-lhe a verdade.

— Você bem sabe que isso é impossível.

Chorei. Havia prometido a mim mesma não chorar, mas chorei. Disse:

— Seria melhor que me dissesse tudo. Se eu conhecesse de verdade a situação, poderia tentar enfrentá-la. Mas tudo supor, nada saber, é intolerável. Se você se limitava a ver Noëllie, por que escondeu de mim?

— Bem, vou dizer-lhe a verdade inteira. Mas então acredite. Dormi três vezes com Noëllie no ano passado, e isso não significava absolutamente nada. Não estive em Roma com ela. Você acredita?

— Eu não sei. Você mentiu tanto!

Ele fez um grande gesto de desespero:

— O que quer que eu faça para convencê-la?

— Você não pode fazer nada.

Terça-feira, 16 de novembro

Quando ele entra, quando me sorri, quando me beija dizendo: "Bom dia, querida", é Maurice, são seus gestos, seu rosto, seu calor, seu odor. E em mim durante um instante uma grande doçura: sua presença. Ficar nisso, não procurar saber: quase compreendo Diana. Mas é mais forte do que eu. Quero saber o que há. E, antes de mais nada, quando ele vai verdadeiramente ao laboratório à noite? Quando vai à casa dela? Não posso telefonar, ele saberá e ficará exasperado. Segui-lo? Alugar um carro e segui-lo? Ou simplesmente verificar onde está o seu carro? É feio, é aviltante. Mas preciso ver com clareza.

Diana afirma não saber nada. Pedi-lhe que fizesse Noëllie falar:

— Ela é por demais astuciosa. Não dirá nada.

— Você ficou sabendo da ligação deles por mim. Se falar com ela, será obrigada a responder qualquer coisa.

Prometeu-me, em todo caso, se informar sobre Noëllie: elas têm relações comuns. Se eu descobrisse coisas que a arrasassem aos olhos de Maurice...

Inútil procurar Luce Couturier. Maurice terá feito seu marido passar-lhe um sermão. E ele próprio dirá a Maurice que eu a revi... Não. Seria muita falta de tato de minha parte.

Quinta-feira, 18 de novembro

Na primeira vez que fui vigiar Maurice no laboratório, o carro estava no estacionamento. Na segunda, não! Mandei seguir até a casa de Noëllie. Não tive que procurar muito tempo: que golpe no coração! Eu gostava do nosso carro, era um fiel animal doméstico, uma presença cálida e tranquilizante. E súbito ele servia para me trair. Detestei-o. Fiquei de pé na entrada de um prédio, aturdida. Gostaria de aparecer bruscamente diante de Maurice quando ele saísse da casa de Noëllie. Isso só serviria para encolerizá-lo, mas estava tão desarvorada que era preciso fazer qualquer coisa, não importa o quê. Eu me esforçava para ser racional e me dizia: "Ele mente para me poupar. Se me poupa, é porque me quer. Em certo sentido, seria muito mais grave se ele pouco se incomodasse." Tinha quase conseguido me convencer quando tive outro golpe: eles saíam juntos. Eu me escondi. Não me viram. Subiram a pé o bulevar até uma grande cervejaria. Caminhavam de braços dados, rapidamente, e riam. Poderia cem vezes tê-los imaginado caminhando de braços dados, rindo. Verdadeiramente nunca imaginei. Do mesmo modo que não os imagino na cama. Não tenho coragem. Ver é completamente diferente. Comecei a tremer. Sentei-me num banco, apesar do frio. Tremi bastante tempo. Ao voltar para casa, me deitei e, quando ele entrou à meia-noite, eu fingia dormir.

Mas quando ele me disse ontem: "Vou ao laboratório", perguntei:
— De verdade?
— Claro.
— Sábado, você estava na casa de Noëllie.
Olhou-me com uma frieza mais terrificante ainda que a cólera:
— Você me espiona!
Meus olhos se encheram de lágrimas:
— Trata-se da minha vida, da minha felicidade. Quero a verdade. E você continua mentindo!
— Tento evitar cenas — disse com ar extenuado.
— Eu não faço cenas.
— Não?
Ele chama de cenas cada uma de nossas explicações. E, por conseguinte, como eu protestasse, minha voz subiu, e nós tivemos mesmo uma cena. Tornei a falar de Roma. De novo ele negou. Não esteve ela em Roma? Ou, ao contrário, ela esteve também em Genebra? A ignorância me corrói.

Sábado, 20 de novembro

Cenas não. Mas sou desastrada. Eu me controlo mal, faço observações que o aborreçam. Devo reconhecê-lo, basta que ele tenha uma opinião para que eu o contradiga, supondo que foi ela que o insuflou. De fato, não tenho nada contra a *op-art*. Mas a complacência de Maurice em se submeter a esse "sadismo óptico" me irritou: era realmente Noëllie quem lhe havia indicado essa exposição. Tolamente sustentei que não se tratava de pintura, e como ele discutisse eu o ataquei: acreditava rejuvenescer acompanhando todas as modas?

— Faz mal em se irritar.

— Eu me irrito porque você quer tanto estar na moda que perde todo o senso crítico.

Deu de ombros, sem responder.

Vi Marguerite, passei bastante tempo com Colette. Mas não há nada a dizer sobre isso.

Domingo, 21 de novembro

Sobre sua ligação com Maurice, Noëllie (pelo menos segundo Diana, de quem desconfio um pouco) só disse tolices. A situação é penosa para todo mundo, mas se chegará sem dúvida a um equilíbrio. Eu sou certamente uma mulher muito correta, mas a diversidade agrada aos homens. Como encara ela o futuro? Respondeu: "Quem viver verá", ou mais ou menos isso. Parecia prevenida.

Diana me contou uma história, obscura demais para que eu a utilize. Noëllie quase foi processada diante do conselho da ordem dos advogados porque, conquistando a confiança do cliente de uma colega, que era uma pessoa muito importante, este tirou da outra todos os seus negócios para confiá-los à própria Noëllie. São procedimentos que, no palácio da Justiça, são considerados inaceitáveis e que lhe são costumeiros. Mas Maurice me responderia: "Maledicências!" Eu lhe disse que a filha de Noëllie se queixava de ser negligenciada pela mãe.

— Nessa idade, todas as meninas se queixam das mães. Lembre-se das dificuldades com Lucienne. De fato, Noëllie não descuida da filha. Ela a ensina a se virar sozinha, a viver por si própria e tem razão nisso.

Isso era uma pedra no meu caminho. Ele caçoou muitas vezes do meu jeito de galinha atrás dos pintos. Realmente tivemos algumas briguinhas a esse respeito.

— Essa menina não se incomoda que um homem passe as noites na cama de sua mãe?

— O apartamento é grande, e Noëllie toma muito cuidado. Aliás, ela não lhe escondeu que, depois de seu divórcio, houve homens em sua vida.

— Esquisitas essas confidências de mãe a filha. Francamente, não acha um pouco chocante?

— Não.
— Não imaginaria nunca ter essa espécie de relação com Lucienne ou Colette.

Ele não respondeu; seu silêncio fazia entender com clareza que os métodos de educação de Noëllie não eram inferiores aos meus. Senti-me ofendida. Estava claro que Noëllie se comportava da forma que melhor lhe convinha, sem pensar no interesse da menina, enquanto eu fizera sempre o contrário.

— Em suma — disse eu —, tudo o que Noëllie faz é bem-feito.

Teve um gesto de impaciência:

— Ah! Não me fale o tempo todo de Noëllie!

— Como posso impedir? Ela está em sua vida e sua vida me concerne.

— Oh! Nem sempre.

— Como assim?

— Minha vida profissional não parece interessá-la. Você nunca fala a respeito.

Era um contra-ataque desleal. Ele sabe bem que se especializando avança num terreno onde não posso segui-lo.

— O que eu poderia lhe dizer? Suas pesquisas me ultrapassam completamente.

— Você não lê nem os meus artigos de divulgação científica.

— Como ciência, a medicina nunca me interessou muito. Eram as relações vivas com os doentes que me apaixonavam.

— Podia, ao menos, ter um pouco de curiosidade pelo que faço.

Havia rancor em sua voz. Eu lhe sorri ternamente.

— É que eu o amo e estimo acima de tudo o que você possa fazer. Se você se tornar um cientista famoso, célebre, não me espantará, pois sei que é capaz. Mas confesso que, aos meus olhos, isso não acrescentará nada a você. Não compreende?

Ele me sorriu:

— Claro que sim!

Não é a primeira vez que ele se queixa de minha indiferença no tocante à sua carreira, e até agora eu não ficava aborrecida por irritá-lo um pouco. De repente, vejo que essa indiferença é inábil. Noëllie lê seus artigos, ela os comenta, com a cabeça um pouco inclinada e um sorriso admirado nos lábios. Mas como modificar minha atitude? Dará muito na vista... Foi penosa essa conversa. Estou certa de que Noëllie não é boa mãe. Uma pessoa tão seca, tão fria não pode dar à sua filha o que eu dei às minhas.

Segunda-feira, 22 de novembro
Não, não devo tentar seguir Noëllie em seu próprio terreno, mas lutar no meu. Maurice era sensível a todos os cuidados com que eu o envolvia, e descuido deles. Passei o dia pondo ordem em nossos armários. Guardei definitivamente as roupas de verão, coloquei naftalinas e arejei as de inverno. Fiz um rol completo. Amanhã, vou comprar as meias, os pulôveres, os pijamas de que necessita. Precisará também de dois bons pares de sapatos: nós os escolheremos juntos, logo que ele tenha um momento livre. É reconfortante ter os armários bem cheios, com cada coisa em seu lugar. Abundância, segurança... As pilhas de lenços finos, de meias, de tricôs me deram a impressão de que o futuro não poderia falir.

Terça-feira, 23 de novembro
Estou morrendo de vergonha. Deveria ter pensado nisso. Maurice estava com a cara dos maus dias quando voltou para almoçar. Logo em seguida, me lançou:

— Está errada em confiar em sua amiga Diana. Contaram a Noëllie que sua amiga estava realizando um verdadeiro inquérito no meio da advocacia e entre as relações comuns. E dizem em toda parte que foi você quem a encarregou disso.

Enrubesci e me senti mal. Maurice jamais me julgava, ele era a minha segurança, e eis-me diante dele me defendendo, e culpada. Que tristeza!

— Disse simplesmente que gostaria de saber quem era Noëllie.

— Teria feito melhor me perguntando do que suscitando falatório de comadres. Acredita que não vejo Noëllie como ela é? Você se engana. Conheço seus defeitos tão bem quanto suas qualidades. Não sou um colegial enamorado.

— Não penso, em todo caso, que sua opinião seja muito objetiva.

— E pensa que Diana e suas amiguinhas são objetivas? São a própria maledicência. Pode estar certa de que elas não a poupam também.

— Bem — declarei —, vou dizer a Diana para ser mais discreta, que não fale nada.

— Eu a aconselho!

Fez um esforço para mudar de conversa. Falamos polidamente. Mas a vergonha está me queimando. Sinto-me diminuída a seus olhos.

Sexta-feira, 26 de novembro
  Na presença de Maurice, não posso impedir de me sentir diante de um juiz. Pensa de mim coisas que não me diz: isso me amedronta. Eu me via tão tranquilamente em seus olhos. Eu só me via mesmo pelos seus olhos: uma imagem demasiado lisonjeira talvez, mas na qual, em conjunto, me reconhecia. Agora eu me pergunto: o que ele vê? Acha-me mesquinha, indiscreta, ciumenta e mesmo desleal, pois faço indagações às suas costas? É injusto. Ele, que deixa passar tanta coisa em Noëllie, não pode compreender a inquieta curiosidade que tenho dela? Detesto as fofocas, provoquei-as, que seja, mas tenho boas desculpas. Aliás, ele não fez mais alusão ao caso. É gentilíssimo. Mas me dou conta de que não me fala mais de coração aberto. Parece-me, às vezes, ler em seus olhos... não exatamente piedade; diria, antes, uma leve ironia? (Aquela olhadela engraçada que me lançou quando lhe falei de minha saída com Quillan!) Sim, é como se enxergasse dentro de mim e me achasse tocante e um pouquinho ridícula. Por exemplo, quando me surpreendeu ouvindo Stockhausen, indagou num tom indefinível:
  — O quê? Agora se interessa por música moderna?
  — Isabelle me emprestou uns discos de que gosta muito.
  — Ela gosta de Stockhausen? É novidade.
  — É novidade, sim. Acontece que os gostos evoluem.
  — E a você, esta música lhe agrada?
  — Não. Não compreendo nada.
  Ele riu e me beijou, como se minha franqueza o tranquilizasse. De fato, ela era calculada. Eu compreendi que ele tinha compreendido por que eu escutava aquela música. E não teria acreditado se eu declarasse que me agradava.
  Resultado: não ousarei lhe falar de minhas recentes leituras, se bem que, de fato, alguns desses *nouveaux romans* me agradaram. Ele pensará logo que não quero ficar atrás de Noëllie. Como tudo fica complicado quando se está com o espírito preconcebido!
  Explicações confusas de Diana. Ela jura pelos filhos que não falou em se informar por minha conta. A própria Noëllie deve ter formulado essa hipótese. Reconhece que confidenciou a uma amiga: "Sim, nesse momento, estou interessada em Noëllie Guérard"; mas isso não

era verdadeiramente comprometedor para mim. Ela foi, certamente, desajeitada. Pedi-lhe que deixasse para lá. Pareceu ficar magoada.

Sábado, 27 de novembro
Tenho que aprender a me controlar, a me policiar, mas é completamente contra minha natureza! Eu era espontânea, transparente e serena também, enquanto hoje tenho o coração cheio de ansiedade e rancor. Quando ele abriu uma revista, logo ao sair da mesa, pensei: "Não faz isso na casa de Noëllie" e foi mais forte do que eu: disse com violência:
— Você não faria isso na casa de Noëllie!
Um relâmpago passou em seus olhos.
— Eu só queria dar uma olhada num artigo — disse em tom pausado. — Não fique irritada à toa.
— Não é minha culpa: tudo me irrita.
Houve um silêncio. À mesa, eu lhe havia contado o meu dia e não encontrava mais nada para lhe dizer. Ele fez um esforço:
— Terminou as *Cartas* de Oscar Wilde?
— Não. Eu não continuei.
— Mas você disse que era interessante...
— Se você soubesse quão pouco me importa Wilde e como tenho pouca vontade de lhe falar dele!
Fui pegar um disco na discoteca:
— Quer escutar a cantata que você trouxe?
— Pode ser.
Não escutei muito tempo. Soluços subiram-me à garganta: a música não passava de um álibi. Nós não tínhamos mais nada a nos dizer, obcecados pela mesma história da qual ele não queria falar. Perguntou-me com voz paciente:
— Por que você está chorando?
— Porque você se aborrece em minha companhia. Porque não podemos mais nos falar. Você colocou barreiras entre nós.
— É você quem as coloca. Não para de remoer suas queixas.
Eu o exaspero cada dia um pouco mais. Não desejaria isso. E, no entanto, uma parte de mim mesma o deseja. Quando parece alegre e descuidado, penso: "É muito fácil!" E aproveito qualquer pretexto para lhe tirar a tranquilidade.

Segunda-feira, 30 de novembro[7]

Espantava-me que Maurice ainda não tivesse falado nos esportes de inverno. Voltando do cinema, ontem à noite, eu lhe perguntei aonde ele desejaria ir este ano. Respondeu com ar evasivo que ainda não havia pensado a respeito. Farejei algo suspeito. Começo a ter faro, o que, aliás, não é difícil: há sempre coisas suspeitas. Insisti. Ele disse muito depressa, sem me olhar:

— Iremos aonde você quiser, mas devo preveni-la de que conto passar também alguns dias em Courchevel com Noëllie.

Espero sempre o pior e acontece sempre pior do que esperava.

— Quantos dias?
— Uns dez.
— E quanto tempo ficará comigo?
— Uns dez dias.
— Isso é demais! Você me toma a metade de nossas férias para dá-las a Noëllie!

A raiva me cortava a palavra. Consegui articular:
— Vocês decidiram isso juntos, sem me consultar?
— Não, eu ainda não falei com ela.
— Pois bem! Continue! Não lhe diga nada — disse eu.

Disse-me com voz pausada:
— Desejo passar esses dez dias com ela.

Havia nessas palavras uma ameaça velada: se me privar disso, nossa temporada na montanha será um inferno. Fiquei enojada ante a ideia de que ia ceder a essa chantagem. Basta de concessões! Não adianta nada e me desprezo. É necessário encarar os fatos: não se trata de uma aventura. Maurice reparte a vida em dois, e eu não fico com a melhor parte. Basta. Daqui a pouco, lhe direi: "Ou ela, ou eu."

Terça-feira, 1º de dezembro

Não me enganava: ele me manobrou. Antes de chegar a uma confissão completa, *fatigou-me* como se fatiga o touro. Confissão suspeita que é, ela própria manobra. Devo acreditar? Não me ceguei durante oito anos. Disse-me em seguida que não era verdade. Ou foi naquele momento que mentiu? Onde está a verdade? Ela existe ainda?

---

[7] Na edição francesa há um salto na cronologia, partindo de "Sábado, dia 27 de novembro" para "Segunda-feira, 30 de novembro". Nesta edição, optou-se por manter as datas, respeitando o original de Simone de Beauvoir. (N.E.)

Como o encolerizei! Fui assim tão insultante? Não nos lembramos bem das coisas que dizemos, sobretudo no estado em que eu estava. Quis feri-lo, é claro. E consegui, bem demais.

Entretanto, comecei com muita calma:

— Não quero uma partilha. É preciso escolher.

Teve o ar acabrunhado, do tipo que se diz: "E agora? Era inevitável! Como sair dessa?" Usou sua voz mais cativante:

— Eu lhe imploro. Não me peça que rompa com Noëllie. Agora não!

— Agora sim. Essa história já durou bastante, já tolerei demais.

Olhei-o com desafio:

— Então, de quem gosta mais? Dela ou de mim?

— De você, certamente — disse em tom neutro. E acrescentou: — Mas eu gosto também de Noëllie.

Vi tudo vermelho:

— Confesse, então, a verdade! É dela que você gosta mais! Pois bem, vá encontrá-la! Vá embora daqui. Vá logo. Pegue suas coisas e vá embora!

Tirei sua valise do armário, joguei de qualquer jeito as roupas de baixo, arranquei cabides. Tomou-me pelo braço.

— Pare!

Continuei. Queria que ele fosse embora, queria verdadeiramente, era sincera. Sincera porque não acreditava nisso. Era como um terrível psicodrama, em que se representa a verdade. É a verdade, mas representada. Gritei:

— Vá se encontrar com essa vagabunda, essa intrigante, essa advogadazinha desonesta.

Ele me segurou pelos pulsos:

— Retire o que acaba de dizer.

— Não. É uma mulherzinha suja. Seduziu-o com lisonjas. Você a prefere por vaidade. Você sacrifica nosso amor à sua vaidade.

Ele me repetia: "Cale-se! Cale-se!" Mas eu continuava. Dizia a torto e a direito tudo o que pensava de Noëllie e dele também. Sim, eu me lembro vagamente. Eu disse que ele se deixara iludir como um tonto, que estava se tornando esnobe e arrivista, que não era mais o homem que eu amara, que outrora tivera um coração, devotava-se ao próximo. Agora estava seco, egoísta, só a carreira lhe interessava.

— Quem é egoísta? — gritou.

E me arrancou a palavra. Era eu a egoísta, eu que não tinha hesitado em fazê-lo deixar o cargo de interno, que teria querido mantê-lo a vida inteira na mediocridade para conservá-lo em casa, eu que tenho inveja de seu trabalho: uma castradora...

Gritei. Ele havia deixado seu cargo de boa vontade. Ele me amava. É, mas não desejava se casar tão depressa, eu sabia, e, pela criança, poderíamos ter dado um jeito.

— Cale-se! Nós fomos felizes, apaixonadamente felizes: você dizia que só vivia para nosso amor.

— Era verdade. Você não me deixou nenhuma outra coisa. Deveria ter pensado que um dia eu sentiria falta. E, quando desejei me evadir, você fez tudo para me impedir.

Não me lembro mais das palavras exatas, mas o sentido da cena terrível era esse. Eu era possessiva, imperiosa, invasora com minhas filhas e com ele também.

— Você empurrou Colette para um casamento cretino e foi para escapar de você que Lucienne partiu.

Isso me pôs fora de mim, de novo gritei, chorei. A um dado momento, eu disse:

— Se você pensa tão mal de mim, como pode ainda me amar?

Ele me atirou na cara:

— Mas eu não a amo mais. Depois daquelas cenas de dez anos atrás, deixei de amar você!

— É mentira! Está mentindo para me fazer sofrer!

— É você quem está mentindo. Diz gostar da verdade: deixe-me dizê-la. Depois tomaremos as decisões.

Então há oito anos não mais me ama e dormiu com mulheres: com a pequena Pellerin durante dois anos, com uma cliente sul-americana que ignoro completamente, com uma enfermeira da clínica, enfim, *há 18 meses* com Noëllie. Urrei. Fiquei à beira de uma crise de nervos. Então ele me deu um calmante, sua voz mudou:

— Escute, eu não penso tudo o que acabo de dizer, mas você é tão injusta que me torna injusto!

Enganou-me, sim, é verdade. Mas não cessou de me querer bem. Pedi-lhe que fosse embora. Fiquei prostrada, tentando compreender aquela cena, separar o verdadeiro do falso.

Uma lembrança me ocorreu. Faz três anos, eu havia chegado em casa sem que ele me visse. Ria ao telefone, aquele riso terno e cúmplice que eu conheço tão bem. Não entendi as palavras, somente a ternura cúmplice em sua voz. O chão me faltou: estava numa outra vida na qual Maurice me enganaria e eu sofreria terrivelmente. Aproximei-me com ruído:

— Para quem está telefonando?
— Para minha enfermeira.
— Você lhe fala bem amigavelmente...
— Ah! É uma menina encantadora, eu a adoro — disse com naturalidade.

Reencontrei-me em minha vida, perto do homem que me amava. Aliás, se eu o tivesse visto na cama com uma mulher, não teria acreditado em meus olhos. (E, todavia, a lembrança está lá, intata, dolorosa.)

Dormiu com essas mulheres, mas não me amava mais? E o que há de verdadeiro em suas censuras? Sabe muito bem que, quanto ao internato e a nosso casamento, decidimos tudo juntos: antes dessa manhã, ele nunca afirmara o contrário. Arquitetou essas queixas para se desculpar e me enganar: será menos culpado se o erro for meu. Apesar de tudo, por que escolheu essas frases? Por que aquela frase atroz a propósito das meninas? Sou tão orgulhosa por ter cada uma se realizado conforme sua natureza. Colette, como eu, tinha a vocação do lar: em nome de que eu a teria contrariado? Lucienne queria voar com suas próprias asas; não a impedi. Por que Maurice guarda tanto rancor injusto? Estou com dor de cabeça e vejo tudo turvo.

Telefonei a Colette. Ela acaba de sair: meia-noite. Ela me faz bem, me fez mal, não sei mais onde está meu bem nem meu mal. Não, eu não era autoritária, possessiva, intrometida. Assegurou-me, com efusão, que eu era uma mãe ideal e que nos entendíamos perfeitamente, seu pai e eu. Para Lucienne, como para muitas jovens, a vida de família era um peso, mas a culpa não era minha. (Lucienne tinha relações complicadas comigo porque adorava o pai, um Édipo clássico: isso não prova nada contra mim.) Ela se irritou:

— Acho revoltante da parte de papai lhe dizer o que disse.

Mas ela tinha ciúmes de Maurice com Lucienne. É agressiva em relação ao pai, muito empenhada em pegá-lo no erro. E muito desejosa, também, de me reconfortar. Lucienne com sua dureza aguda teria me informado melhor. Falei horas com Colette e não me adiantou muita coisa.

Encontro-me num impasse. Se Maurice é um vigarista, estraguei minha vida ao amá-lo. Mas talvez ele tivesse razões de não me suportar mais. Então devo pensar que sou odiosa; desprezível, sem mesmo saber por quê. As duas hipóteses são atrozes.

Quarta-feira, 2 de dezembro

Isabelle acha — em todo caso, diz ela — que Maurice não pensa um quarto do que disse. Teve aventuras que não me confessou: isso é banal. Sempre repetiu para mim que uma fidelidade de vinte anos é impossível para um homem. Evidentemente, Maurice teria feito melhor se me falasse, mas se sentiu impedido por seus juramentos. Suas queixas contra mim, talvez as tenha inventado de uma hora para outra: se tivesse casado comigo a contragosto, eu teria percebido e nós não teríamos sido tão felizes. Ela me aconselha a passar uma esponja. Obstina-se em pensar que estou no caminho certo. Os homens escolhem sempre o mais fácil; é mais fácil ficar com sua mulher do que se aventurar numa vida nova. Ela me fez marcar hora, por telefone, com uma de suas amigas que é ginecologista, conhece muito bem os problemas de casal, e ela pensa que poderia me ajudar a ver com clareza minha história. Veremos.

Maurice está cheio de agrados comigo, desde segunda-feira, como acontece cada vez que vai longe demais.

— Por que me deixou viver oito anos na mentira?

— Não queria entristecê-la.

— Deveria ter me dito que não me amava mais.

— Mas não é verdade: disse isso zangado. Sempre gostei muito de você. Quero-lhe muito bem.

— Não pode me querer bem se pensa a metade do que me disse. Acha, verdadeiramente, que fui uma mãe possessiva?

Decididamente, de todas as maldades que me jogou na cara, foi a que mais me revoltou.

— Possessiva é exagero.

— Mas?

— Sempre lhe disse que mimava demais as filhas. Colette reagiu modelando-se, docilmente, em você, e Lucienne modelou-se em um antagonismo que foi, com frequência, penoso para você.

— Mas que finalmente a ajudou a se realizar. Está contente com sua sorte e Colette também: o que quer mais?

— Se estão verdadeiramente contentes...

Não insisti. Sua cabeça está cheia de ideias preconcebidas. Mas existem respostas que eu não teria forças de escutar. Não faço as perguntas.

Sexta-feira, 4 de dezembro

Lembranças implacáveis. Como consegui afastá-las, neutralizá-las? Um certo olhar, há dez anos, em Mykonos, quando me disse: "Compre um maiô de uma peça." Eu sei, eu sabia: um pouco de celulite nas coxas, um pouquinho de barriga... Mas eu pensava que ele não ligava. Quando Lucienne caçoava das gordas matronas de biquínis, ele protestava: "E daí? Quem se incomoda com isso? Envelhecer não é uma razão para privar o corpo de ar e de sol." Eu tinha vontade de ar e sol, isso não incomodava ninguém. E, apesar de tudo — talvez por causa das belas moças que frequentavam a praia —, ele me disse: "Compre um maiô de uma peça." Aliás, eu não comprei.

Além disso, houve aquela briga, no ano passado, na noite em que os Talbot vieram jantar com os Couturier. Talbot bancava o mestre, felicitou Maurice a propósito de um trabalho sobre a origem de certos vírus, e Maurice parecia lisonjeado, como um aluno que recebe o prêmio de excelência. Isso me aborreceu porque não gosto de Talbot. Tenho vontade de esbofeteá-lo quando diz de alguém: "É uma raridade!" Depois que saíram, disse rindo a Maurice:

— Logo Talbot vai dizer de você: é uma raridade! Você tem sorte!

Irritou-se. Repreendeu-me com mais vivacidade que de costume por não me importar com seus trabalhos e desprezar seus sucessos. Disse-me que não o interessava ser estimado em bloco se, jamais, no detalhe, eu sou tocada pelo que faz. Havia tanta aspereza em sua voz que, de repente, meu sangue gelou:

— Que hostilidade!

Pareceu surpreso:

— Não diga bobagens!

Em seguida, ele me persuadiu que era uma briga igual a muitas outras. Mas o frio da morte havia me tocado.

Invejosa de seu trabalho: devo reconhecer que isso não é falso. Durante dez anos, tive por intermédio de Maurice uma apaixonante experiência: a relação do médico com o doente. Eu participava e o aconselhava. Esse laço entre nós, tão importante para mim, ele resolveu quebrá-lo. Então confesso que não tive boa vontade em assistir, passivamente, de longe, a seus progressos! Eles me deixavam fria, sim. É o ser humano que admiro nele, não o pesquisador. Mas castradora! A palavra é injusta. Somente recusei fingir entusiasmos que não sentia: ele gostava de minha sinceridade. Não quero crer que ela feriu sua vaidade. Maurice não tem mesquinharias. Ou tem e Noëllie sabe explorá-las? Ideia odiosa. Tudo se embrulha em minha cabeça. Pensava saber quem eu era, quem era ele: e, de repente, não nos reconheço mais, nem a mim nem a ele.

Domingo, 6 de dezembro

Quando isso acontece com os outros, parece um acontecimento limitado, fácil de contornar, de ultrapassar. E fica-se absolutamente só, em uma experiência vertiginosa que a imaginação nem sequer pode vislumbrar.

Nas noites que Maurice passa com Noëllie, tenho medo de dormir e medo de não dormir. Essa cama vazia ao meu lado, essas cobertas esticadas e frias... Não adianta tomar soníferos, eu sonho. Frequentemente, nos sonhos, eu desmaio de tristeza. Fico ali, sob os olhos de Maurice, paralisada, tendo no rosto toda a dor do mundo. Espero que ele se precipite para mim. Lança-me um olhar indiferente e se afasta. Acordei. Ainda era noite, eu sentia o peso das trevas, estava num corredor e o adentrava, ele se tornava cada vez mais estreito, eu mal respirava, logo teria que me arrastar e ali ficaria encurralada até morrer. Gritei. E comecei a chamá-lo mais docemente, em lágrimas. Todas as noites eu o chamo: não ele, o outro, aquele que me amava. E pergunto-me se não preferiria que estivesse morto. Eu me dizia: a morte é o único mal irreparável. Se ele me deixasse, eu ficaria curada. A morte era horrível por ser possível, a ruptura suportável, porque eu não a imaginava. Mas realmente, eu digo, se ele estivesse morto, eu saberia ao menos quem perdi e quem sou. Não sei mais nada. Minha vida, atrás de mim, desmoronou, como nesses terremotos em que a terra se devora a si mesma: ela se esboroa às nossas costas à medida que fugimos. Não há mais retorno. A casa desapareceu, e o vilarejo e o vale todo. Mesmo que você sobreviva, nada mais resta, nem mesmo o lugar que você ocupou sobre a terra.

Estou tão quebrada de manhã que, se a empregada não chegasse às dez horas, eu ficaria na cama todos os dias — como faço aos domingos — até depois do meio-dia ou, talvez, quando Maurice não vem para o almoço, o dia inteiro. Mme. Dormoy sente que alguma coisa não vai bem. Levando a bandeja do café da manhã, ela me diz, repreensiva:

— A senhora não comeu nada!

Ela insiste e, às vezes, engulo uma torrada para ter paz. Mas os pedaços não descem.

Por que não me ama mais? Precisaria saber por que me amou. Não se faz essa pergunta. Mesmo não sendo orgulhosa nem narcisista, é tão extraordinário sermos nós mesmos, justamente nós mesmos, é tão único que parece natural ser único também para outrem. Ele me amava, só isso. E para sempre, pois seria sempre eu. (E eu me espantei, em se tratando de outras mulheres, dessa cegueira. Curioso que não se possa compreender a própria história a não ser com o auxílio da experiência dos outros — que não é a minha, que não me ajuda.)

Fantasias idiotas. O filme visto quando eu era pequena. A esposa ia se encontrar com a amante do marido: "Para você, ele só é um capricho. Eu o amo!" E a amante, comovida, mandava-a em seu lugar ao encontro noturno. Na obscuridade, o marido a tomava pela outra e de manhã, confuso, ele voltava para ela. Era um velho filme mudo, que o Studio apresentava com tom irônico, mas que me havia emocionado muito. Revejo o longo vestido da mulher, seus bandós.
Falar com Noëllie? Mas para ela não é um capricho. É um empreendimento. Ela diria que o ama e certamente preza tudo o que ele pode dar a uma mulher hoje. Eu o amei quando ele tinha 23 anos, um futuro incerto, dificuldades. Amei-o sem garantias. Renunciei eu própria a uma carreira. Não me arrependo de nada, aliás.

Segunda-feira, 7 de dezembro
Colette, Diana, Isabelle... e eu que não gostava de confidência! E, esta tarde, Marie Lambert. Ela tem grande experiência. Gostaria tanto que pudesse me esclarecer.
O que fica evidente com nossa longa conversa é quanto eu própria compreendo mal minha história. Sei tudo de meu passado, de cor e, de repente, não sei mais nada. Ela me pediu um breve resumo escrito. Tentemos.
Pensava não haver mais bela profissão que a de médico, tal como era exercida por meu pai em seu consultório de Bagnolet. Mas, durante meu primeiro ano de estudo, fiquei transtornada, repugnada, esgotada pelo horror cotidiano. Desanimei muitas vezes. Maurice era externo, e o que li em seu rosto me emocionou. Nós só havíamos tido, um e outro, breves aventuras e nos apaixonamos. Foi o amor louco, o amor comedido: o amor. Ele foi cruelmente injusto quando disse outro dia que eu o havia desviado do posto de interno: até então, ele tinha sempre tomado a inteira

responsabilidade de sua decisão. Estava cansado de ser estudante. Desejava uma vida de adulto, um lar. O pacto de fidelidade que fizemos se impunha a ele mais do que a mim, pois o segundo casamento de sua mãe lhe havia deixado o horror doentio das separações e das rupturas. Nós nos casamos no verão de 1944, e o começo de nossa felicidade coincidiu com a alegria inebriante da Libertação. Maurice sentia-se atraído pela medicina social. Encontrou emprego na Simca. Era menos absorvente que ser médico de bairro, e ele gostava de sua clientela de operários.

Maurice decepcionou-se com o pós-guerra. Seu trabalho na Simca começou a aborrecê-lo. Couturier, que havia terminado o internato, persuadiu-o a entrar com ele na policlínica de Talbot, trabalhar em sua equipe e especializar-se. Sem dúvida — Marie Lambert me fez sentir —, lutei violentamente demais contra sua decisão durante dez anos. Sem dúvida, mostrei-lhe demasiadamente que nunca me resignara do fundo do coração. Mas não era razão suficiente para que deixasse de me amar. Que relação existe ao certo entre sua mudança de vida e a mudança de seus sentimentos?

Perguntou-me se ele me fazia com frequência censuras e críticas. Oh! Nós brigávamos, tínhamos ambos o sangue quente. Mas nunca foi muito grave, para mim pelo menos.

Nossa vida sexual? Não sei em que momento ela perdeu seu calor. Qual dos dois se cansou primeiro? Aconteceu-me ficar irritada com sua indiferença. Daí meu flerte com Quillan. Mas talvez minha frieza o tenha decepcionado? Isso me parece secundário. Isso explicaria que tivesse dormido com outras mulheres, mas não que tenha se afastado de mim nem que tenha se apegado a Noëllie.

Por que ela? Se ao menos ela fosse realmente bela, realmente jovem ou extraordinariamente inteligente, eu compreenderia. Sofreria, mas compreenderia. Ela tem 38 anos, é agradável e nada mais, e muito superficial. Então, por quê? Disse a Marie Lambert:

— Estou certa de que valho mais do que ela.

Ela sorriu:

— Não é essa a questão.

Qual é a questão? Salvo a novidade e um corpo bonito, o que pode Noëllie dar a Maurice que eu não lhe dê? Ela disse:

— Não se compreende nunca os amores dos outros.

Mas tenho convicção de que não sei exprimir bem. Comigo Maurice tem uma relação em profundidade, que engaja o que há de essencial nele e é, portanto, indestrutível. Está ligado a Noëllie por seus sentimentos mais exteriores: cada um deles poderia amar outro. Maurice e eu estamos soldados. A falha está no fato de minha relação com Maurice não ser indestrutível, já que ele a destrói. Ou é? Não experimenta por Noëllie apenas uma atração que toma aspecto de paixão, mas que vai se dissipar? Ah! Essas lascas de esperança que de tempos em tempos me atravessam o coração, mais dolorosas que o próprio desespero!

Há outra pergunta que me atormenta e a que ele não respondeu realmente: por que falou comigo agora, não antes? Deveria ter me prevenido. Eu também teria tido alguns casos. E teria trabalhado. Há oito anos, teria tido coragem de fazer alguma coisa, não haveria esse vazio em torno de mim. O que mais chocou Marie Lambert foi o fato de Maurice, por seu silêncio, ter me recusado a possibilidade de afrontar, armada, uma ruptura. Desde que duvidou de seus sentimentos, deveria ter me forçado a construir uma vida independente. Ela supõe, e eu também, que Maurice se calou para dar às filhas um lar feliz. Quando, depois de suas primeiras confidências, eu me felicitava pela ausência de Lucienne, estava enganada: não se tratava de um acaso. Mas então é monstruoso: escolheu para me abandonar o momento em que eu não tinha mais minhas filhas.

É impossível admitir que eu tenha empenhado toda a minha vida no amor de um homem tão egoísta. Certamente sou injusta! Aliás, Marie Lambert me disse: "Seria necessário conhecer o ponto de vista dele. Não se compreende nada dessas histórias de ruptura quando contadas pela mulher. É o 'mistério masculino' muito mais impenetrável que o 'mistério feminino'." Sugeri-lhe falar com Maurice, recusou; eu teria menos confiança nela se ela o conhecesse. Ela estava sendo muito amiga, mas, assim mesmo, com reticências, com hesitações...

Decididamente, a pessoa que me seria mais útil era Lucienne, com seu agudo senso crítico. Viveu todos esses anos numa semi-hostilidade a meu respeito que lhe permitiria me esclarecer. Mas, em cartas, só me diria banalidades.

Quinta-feira, 10 de dezembro
Indo à casa de Couturier, que mora não muito longe de Noëllie, imaginei ter visto o carro. Não. Mas cada vez que olho uma DS verde--escura com capota cinza, tendo no interior um estofamento verde e

vermelho, parece-me ser aquele que nós chamávamos nosso carro, que agora é seu carro, já que nossas vidas não se confundem mais. Fico angustiada. Antes, eu sabia exatamente onde ele estava, o que fazia. Agora, pode estar em qualquer lugar: por exemplo, ali, onde vejo aquele carro.

Era inconveniente ir à casa de Couturier, e ele pareceu muito embaraçado quando, ao telefone, anunciei minha visita. Mas eu quero compreender.

— Sei que você é, antes de mais nada, amigo de Maurice — disse-lhe, ao chegar. — Não venho pedir informações, mas somente que me dê o ponto de vista de um homem sobre a situação.

Pareceu aliviado. Mas não me disse nada. O homem, mais que a mulher, tem necessidade de mudanças. Uma fidelidade de 14 anos já é muito rara. É normal mentir. Não se quer causar desgosto. E, quando se está com raiva, dizem-se coisas em que não se acredita. Certamente, Maurice ainda me ama: pode-se amar duas pessoas de forma diferente...

Todos eles explicam a você o que é normal, quer dizer, o que acontece aos outros. E eu tento utilizar essa chave universal! Como se Maurice e eu, e o que há de único em nosso amor, não estivéssemos em jogo.

Como estou por baixo! Tive esperanças lendo, em uma revista, que no plano amoroso Sagitário, esta semana, teria um importante sucesso. Em contrapartida, entristeci-me lendo na casa de Diana um livrinho de astrologia: parece que Sagitário e Áries não são, em absoluto, feitos um para o outro. Perguntei a Diana se conhecia o signo de Noëllie. Não. Ela se aborreceu comigo depois de nossa desagradável discussão e ficou muito contente em me dizer que Noëllie lhe havia falado um pouco mais de Maurice. Não renunciará jamais a ele nem ele a ela. Eu sou uma ótima pessoa (ela gosta dessa fórmula), mas não aprecio Maurice em seu justo valor. Custei a me conter quando Diana me repetiu essa frase. Maurice se teria queixado de mim a Noëllie? "Você ao menos se interessa por minha carreira." Não. Ele não lhe disse isso, não quero acreditar. "O justo valor" de Maurice não se reduz a um sucesso social, ele próprio sabe. É outra coisa que o toca nas pessoas. Ou me engano? Terá ele um lado mundano e frívolo que desabrocha ao lado de Noëllie? Forcei-me a rir e depois disse que gostaria de compreender o que os homens veem em Noëllie. Diana me deu uma ideia: mandar analisar nossas três caligrafias. Indicou-me um endereço e confiou-me uma carta — sem importância — de Noëllie. Fui buscar uma das mais recentes cartas de Maurice, escrevi ao grafólogo um bilhete onde lhe peço pronta resposta e fui entregar tudo à zeladora de seu prédio.

Sábado, 12 de dezembro

Estou confusa com as análises do grafólogo. A letra mais interessante, segundo ele, é a de Maurice: grande inteligência, cultura extensa, capacidade de trabalho, tenacidade, sensibilidade profunda, mistura de orgulho e insegurança, superficialmente muito aberto, mas no fundo bastante secreto (resumo). Em mim, encontra muitas qualidades: equilíbrio, alegria, franqueza, um vivo interesse pelo outro. Notou também certa avidez afetiva, que faz com que eu corra o risco de me tornar um pouco pesada às pessoas a meu redor. Isso vai de acordo com as reprimendas de Maurice: por eu ser invasora, possessiva. Sei bem que existe essa tendência em mim, mas combati-a tão energicamente! Fiz tal esforço para deixar livres Colette e Lucienne, não oprimi-las com perguntas, respeitar seus segredos. Quanto a Maurice, quantas vezes reprimi minha solicitude, contive meus impulsos, evitei entrar em seu consultório, apesar de ter vontade, ou fitá-lo enquanto lia ao meu lado! Queria ser para ele, ao mesmo tempo, presente e leve. Falhei? A grafologia revela mais as tendências que as condutas. E Maurice me atacou por raiva. Seu veredicto me deixa incerta. De qualquer modo, mesmo que eu seja um pouco excessiva, muito expansiva, demasiado atenta, resumidamente: um pouco importuna, isso não é razão suficiente para que Maurice prefira Noëllie.

Quanto a ela, seu retrato, se é mais contrastante que o meu e traz mais defeitos, parece-me, apesar de tudo, mais lisonjeiro. Ela é ambiciosa, gosta de aparecer, mas tem uma sensibilidade sutil, muita energia, generosidade e uma inteligência muito viva. Não pretendo ser alguém extraordinário, mas Noëllie é tão superficial que não pode ser superior a mim nem mesmo pela inteligência. Será necessário que eu mande fazer uma nova análise. De qualquer modo, a grafologia não é uma ciência exata.

Eu me atormento. Como as pessoas me veem? Com toda a objetividade, quem eu sou? Serei menos inteligente do que imagino? Esse é o tipo de pergunta que é inútil fazer. Ninguém ousará dizer que sou tola. E como saber? Todo mundo se acha inteligente, mesmo as pessoas que julgo estúpidas. É por isso que a mulher é sempre mais sensível aos elogios feitos ao seu físico que aos concernentes ao seu espírito. Para este, ela conta com evidências íntimas que todos têm e que, por conseguinte, não provam nada. Para conhecer suas limitações, seria necessário poder ultrapassá-las: é como saltar por cima de sua sombra. Compreendo sempre o que me dizem e o que leio. Mas talvez eu compreenda depressa demais por não saber aprender as riquezas e as dificuldades de um pensamento. Serão as minhas deficiências que me impedem de ver a superioridade de Noëllie?

Sábado à tarde

Será a sorte prometida esta semana a Sagitário? Ao telefone, Diana me deu uma notícia que poderá ter uma importância decisiva: Noëllie dormiria com o editor Jacques Vallin. Foi a própria mme. Vallin que contou a uma amiga de Diana. Descobriu cartas e odeia Noëllie. Como fazer com que Maurice saiba? Ele está tão certo do amor dela que cairia das nuvens. Mas não acreditará em mim. Preciso ter provas. Não posso, entretanto, ir procurar mme. Vallin, que não conheço, e lhe pedir as cartas. Vallin é extremamente rico. Entre ele e Maurice, seria ele que Noëllie escolheria se ele consentisse em se divorciar. Que intrigante! Creio que sofreria menos se pudesse estimar Noëllie. (Eu sei. Outra mulher pode estar dizendo a respeito de sua rival: se ao menos eu pudesse desprezá-la, acho que sofreria menos. Aliás, eu própria pensei: prezo-a muito pouco para sofrer...)

Domingo, 13 de dezembro

Mostrei a Isabelle as respostas do grafólogo. Ela não se convenceu. Não acredita na grafologia. Mostrei-lhe que, todavia, a avidez afetiva indicada na análise está de acordo com as queixas que Maurice fez outro dia. E sei que, efetivamente, espero muito das pessoas: talvez lhes peça demais.

— Evidentemente, como você vive para os outros, vive também pelos outros — disse-me. — Mas o amor, a amizade é isto: uma espécie de simbiose.

— No entanto, para alguém que recusaria a simbiose, eu seria pesada?

— Nós pesamos para as pessoas que não nos querem quando as queremos, é uma questão de situação, e não de caráter.

Pedi-lhe que fizesse um esforço e dissesse como me via, o que pensava de mim. Sorriu:

— Na verdade, eu não a vejo. Você é minha amiga, é isso.

Sustentou que, quando nada está em jogo, ou a gente gosta, ou não gosta das pessoas, mas não se tem uma ideia sobre elas. Ela gosta de mim, eis tudo.

— Será que, francamente, com bastante franqueza, você me acha inteligente?

— Claro. Menos quando você me faz essa pergunta. Se nós somos ambas idiotas, cada uma acha a outra inteligente: o que isso prova?

Repetiu-me que, em toda essa história, minhas qualidades e meus defeitos não estavam em jogo: é a novidade que atrai Maurice. Dezoito meses é ainda novidade.

Segunda, 14 de dezembro

A pavorosa descida ao fundo da tristeza! Pelo fato de estarmos tristes, não temos nenhuma vontade de fazer algo alegre. Ao acordar, não ouço mais discos. Nunca mais ouvi música, não vou ao cinema, não compro para mim alguma coisa agradável. Levantei-me quando ouvi chegar mme. Dormoy. Bebi meu chá, engoli uma torrada, só para agradá-la. E encaro esse dia que ainda tenho de viver. E me digo...

Tocaram. Um entregador me pôs nos braços um grande buquê de lilases e rosas com três palavrinhas: "Feliz aniversário. Maurice." Assim que a porta se fechou, caí em prantos. Eu me defendo pela agitação, por negros projetos, pelo ódio; e essas flores, essa lembrança de doçuras perdidas, irremediavelmente perdidas, abatiam todas as minhas defesas.

Lá pela uma hora, a chave virou na fechadura e senti em minha boca esse gosto terrível, o gosto do medo. (Exatamente o mesmo que sentia quando ia ver no hospital meu pai agonizante.) Essa presença familiar como minha própria imagem, minha razão de viver, minha alegria é agora um estrangeiro, um juiz, um inimigo. Meu coração bate de pavor quando ele empurra a porta. Acercou-se de mim muito rápido, sorriu, tomando-me em seus braços:

— Feliz aniversário, querida!

Chorei em seu ombro com doçura. Ele acariciava meus cabelos:

— Não chore. Não quero vê-la triste. Quero-a tanto!

— Você disse que há oito anos não me ama mais.

— Não! Disse-lhe depois que não era verdade. Eu gosto de você.

— Mas... não é amor de amor?

— Existem tantas espécies de amor...

Nós nos sentamos e conversamos. Eu lhe falava como a Isabelle ou Marie Lambert, com confiança, amizade, desprendimento: como se não se tratasse de nossa própria história. Era um problema que discutíamos imparcialmente, gratuitamente, como discutíramos tantos outros. Espantei-me de novo com seu silêncio de oito anos. Ele me repetiu:

— Você dizia que morreria de tristeza...

— Você tinha me obrigado a dizer... a ideia de uma infidelidade parecia angustiá-lo tanto...

— E angustiava. Foi por isso que me calei: para que tudo acontecesse como se eu não a enganasse... Era uma espécie de mágica. E também, evidentemente, eu tinha vergonha...

Disse que desejaria, sobretudo, saber por que apenas agora ele me havia contado. Admitiu que foi em parte pelas exigências de suas relações com Noëllie, mas também porque pensava que eu tinha direito à verdade.

— Mas você não disse a verdade.

— Por vergonha de haver mentido para você.

Envolvia-me com aquele olhar sombrio e quente que parece abrir para mim as profundezas de seu coração, todo entregue, parecia inocente e terno como outrora.

— Seu maior erro foi ter me deixado adormecer na confiança... Eis-me aos 44 anos, de mãos vazias, sem profissão, sem outro interesse na vida a não ser você. Se me tivesse prevenido há oito anos, eu teria criado para mim uma existência independente e aceitaria a situação com mais facilidade.

— Mas Monique! — disse com ar estupefato. — Insisti tanto, há sete anos, para que aceitasse aquele cargo no secretariado da *Revue Médicale*. Tinha a ver e depois você poderia chegar a ocupar um lugar interessante: você não quis!

Havia quase esquecido aquela proposta, tanto me parecera inoportuna:

— Não via interesse em passar o dia longe de casa e das crianças por cem mil francos.

— Foi o que me respondeu. Eu insisti muito.

— Se me tivesse dito as suas verdadeiras razões, dito que eu já não era mais tudo em sua vida e que eu devia também ter outros interesses, eu teria aceitado.

— Propus-lhe, de novo, trabalho em Mougins. Você recusou novamente!

— Naquela ocasião, seu amor me bastava.
— Há ainda tempo. Eu lhe arranjarei, com facilidade, uma ocupação.
— Acha que isso me consolaria? Há oito anos, teria me parecido menos absurdo, teria mais chance de êxito. Mas agora!

Ficamos repisando aquele assunto. Sinto que aliviaria sua consciência se me oferecesse algo a fazer. Não tenho nenhuma vontade de aliviá-la.

Voltei à nossa conversa de 1º de dezembro: uma data; julgava-me mesmo egoísta, imperiosa, invasora?

— Mesmo com raiva, não inventou inteiramente tudo isso?

Ele hesitou, sorriu e explicou: tenho os defeitos de minhas qualidades. Estou sempre presente, vigilante, o que é preciso, mas às vezes, quando se está de mau humor, isso cansa. Sou tão fiel ao passado que o mínimo esquecimento parece um crime e as pessoas se sentem culpadas quando mudam de gosto ou de opinião. Que seja. Mas tem ele rancor de mim? Há dez anos, eu sei, tivemos muitas brigas. Mas tudo acabou bem porque ele fez o que desejava e ao fim eu lhe dei razão. E quanto ao nosso casamento, ele acha que eu forcei a mão? Nada disso: nós decidimos juntos...

— Você me censurou outro dia por não me interessar pelo seu trabalho.

— Lastimo um pouco, é verdade. Mas acharia mais lastimável ainda se você se interessasse apenas para me agradar.

Sua voz era tão encorajadora que ousei fazer a pergunta mais angustiante:

— Por Colette e Lucienne, você me quer mal? Elas o decepcionaram e você me acha responsável por isso?

— Com que direito eu estaria decepcionado e com que direito eu a responsabilizaria?

— Então por que falou aquilo com tanto ódio?

— Ah! A situação não é fácil para mim também, eu me irrito comigo mesmo e tudo se volta, injustamente, contra você.

— Entretanto, você não me ama como outrora. Ainda me quer, mas não é mais o amor de nossos vinte anos.

— Para você também não é mais o amor dos nossos vinte anos. Aos vinte anos, eu amava o amor ao mesmo tempo que a amava. Todo aquele lado exaltado que tinha então eu perdi. Foi isso que mudou.

Era bom falar com ele, amigavelmente, como outrora. As dificuldades diminuíam, os problemas se dissipavam em fumaça, os acontecimentos se fundiam, o verdadeiro e o falso se misturavam numa cintilação de nuanças indistintas. No fundo, nada acontecera. Acabaria por imaginar que Noëllie não existia... Ilusão, mágica. Na verdade, esse bate-papo não mudou nada de nada. Demos outros nomes às coisas: elas permaneceram como estavam. Não fiquei sabendo nada. O passado continua obscuro e o futuro incerto.

Terça-feira, 15 de dezembro
Ontem à noite eu quis retomar a decepcionante conversa da tarde. Mas Maurice tinha trabalho depois do jantar e, quando terminou, quis se deitar.

— Nós falamos bastante essa tarde. Não há nada a acrescentar. Eu me levanto cedo amanhã.

— Na realidade, não dissemos nada.

Tomou um ar resignado:

— Quer que eu lhe diga mais o quê?

— Pois bem! Existe uma coisa que eu queria saber: como você vê nosso futuro?

Calou-se. Eu o havia encostado contra a parede.

— Não quero perder você. Não quero também renunciar a Noëllie. Quanto ao resto, nada sei.

— Ela se acostuma a essa vida dupla?

— É obrigada a isso.

— Sim, como eu. Quando penso que você ousou dizer no Club 46 que nada havia mudado em nossa vida!

— Não disse isso.

— Estávamos dançando e você disse: nada está mudado! E eu acreditei!

— Foi você, Monique, quem me disse: o essencial é que nada mudou entre nós. Eu não disse o contrário. Calei-me. Era impossível, naquele momento, chegar ao fundo das coisas.

— Você disse. Eu me lembro perfeitamente.

— Você tinha bebido muito, sabe. Você confundiu...

Deixei para lá. Que importava? O que importa é que não quer renunciar a Noëllie. Eu sei e não consigo acreditar. Bruscamente, anunciei-lhe que tinha decidido não ir aos esportes de inverno. Refleti bastante e estou contente por ter tomado essa decisão. Outrora, gostava tanto da montanha com ele! Revê-la nas atuais condições seria um suplício. Seria insuportável ser a primeira a ir lá com ele e partir vencida, trocada pela outra e cedendo-lhe o lugar. Não me seria menos odioso suceder a Noëllie sabendo que Maurice tinha saudade, que comparava sua silhueta à minha, seus risos à minha tristeza. Acumularia minhas inabilidades, e ele teria ainda mais vontade de se livrar de mim.

— Passe com ela os dez dias que lhe prometeu e volte — disse-lhe.

É a primeira vez nessa história que eu tomo uma iniciativa, e ele pareceu desconcertado.

— Mas, Monique, tenho vontade de levá-la comigo. Passamos tão belos dias na neve!

— Por isso mesmo...

— Não esquiará este inverno?

— Sabe, os prazeres do esqui não estão pesando muito neste momento.

Ele argumentou, insistiu, parecia desolado. Está habituado à minha tristeza cotidiana, mas causava-lhe remorsos privar-me do esqui. (Sou injusta: ele não se habitua. Tem a consciência pesada, toma soníferos para dormir, tem uma cara de desterrado. Não me comovo e até fico com raiva. Se me tortura com conhecimento de causa torturando-se a si próprio, é porque gosta muito de Noëllie.) Discutimos durante muito tempo. Não cedi. Por fim, parecia tão esgotado — os traços vincados, olheiras — que o mandei deitar. Caiu no sono como num porto de paz.

Quarta, 16 de dezembro

Olho as gotas deslizarem sobre a vidraça que a chuva fustigava ainda há pouco. Elas não caem verticalmente. Como animaizinhos que, por razões misteriosas, obliquavam à direita, à esquerda, esgueiravam-se entre as outras gotas imóveis, detinham-se, tornavam a partir como se buscassem alguma coisa. Parece-me não haver mais nada a fazer. Agora, tricotar, cozinhar, ler, ouvir disco, tudo me parece vão. O amor de Maurice dava importância a cada minuto de minha vida. Ela está vazia. Tudo está vazio: os objetos, os instantes e eu.

Perguntei outro dia a Marie Lambert se ela me achava inteligente. Seu olhar claro fixou-se no meu:

— Você é muito inteligente...

Eu disse:

— Existe um *mas*...

— A inteligência se atrofia quando não a alimentamos. Deveria deixar seu marido procurar-lhe um trabalho.
— O tipo de trabalho de que sou capaz não me traria nada.
— Você não pode ter certeza disso.

À noite
Tive essa manhã uma iluminação: tudo é culpa minha. Meu erro mais grave foi não compreender que o *tempo passa*. Ele estava passando, e eu permanecia estática na atitude de esposa ideal de um marido ideal. Em vez de reanimar nossa vida sexual, eu me fascinava com as lembranças de nossas antigas noites. Imaginava ter guardado meu rosto e meu corpo de trinta anos em vez de me cuidar, de fazer ginástica, de frequentar um instituto de beleza. Deixei minha inteligência atrofiar-se: não me cultivava mais e me dizia: mais tarde, quando as meninas tiverem me deixado. (Talvez a morte de meu pai não seja estranha a essa atitude de negligência. Alguma coisa se quebrou. Parei o tempo a partir daquele momento.) Sim, a jovem estudante que Maurice desposou, que se apaixonava pelos acontecimentos, pelas ideias, pelos livros, era bem diferente da mulher de hoje, cujo universo fica entre estas quatro paredes. É verdade que eu tinha tendência a encerrar Maurice aqui. Achava que seu lar lhe bastava, acreditava tê-lo inteiramente para mim. Eu considerava aquilo tudo certo. Isso deve tê-lo irritado, ele que muda e que põe as coisas à prova. A irritação não perdoa. Não deveria também ter me obstinado em nosso pacto de fidelidade. Se tivesse devolvido a Maurice sua liberdade — e talvez usado a minha —, Noëllie não teria se beneficiado dos prestígios da clandestinidade. Depressa, eu a teria enfrentado. Será que ainda há tempo? Disse a Marie Lambert que ia me explicar sobre tudo isso com Maurice e tomar as medidas necessárias. Já comecei a ler um pouco, a ouvir discos. Farei esforço para perder alguns quilos e me vestir melhor, conversar mais livremente com ele, recusar os silêncios. Ela me ouviu sem entusiasmo. Queria saber quem, se Maurice ou eu, foi responsável por minha primeira gravidez. Os dois. Enfim eu, à medida que confiei muito no calendário, mas não foi minha culpa se ele me traiu. Insisti por manter a criança? Não. Para não mantê-la? Não. A decisão se impôs por si própria. Ela pareceu cética. Sua ideia é que Maurice nutre a meu respeito um grande rancor. Opus-lhe o argumento de Isabelle: o início de nosso casamento não teria sido tão feliz se ele não o tivesse desejado

tanto. Acho a sua resposta bem sofisticada: para não reconhecer seu arrependimento, Maurice apostou no amor, ele quis a felicidade com frenesi; quando esta passou, reencontrou o rancor que havia recalcado. Ela própria sente que sua explicação é fraca. Suas velhas queixas não teriam tido virulência bastante para afastá-lo de mim sem que tivesse havido outras novas. Afirmei que não havia nenhuma.

Para dizer a verdade, Marie Lambert me irrita um pouco. Todos me irritam porque parecem saber coisas que ignoro. Seja porque Maurice e Noëllie fazem circular suas versões dos acontecimentos, seja porque eles têm experiência nesse tipo de história e me aplicam seus esquemas, seja porque me veem de fora, de modo que eu não consiga me ver, e as coisas se tornam claras. Cuidam delicadamente de mim e sinto reticências quando lhes falo. Marie Lambert me aprovou por haver renunciado aos esportes de inverno; mas à medida que evito sofrimento para mim. Ela não acredita que as disposições de Maurice mudarão com isso.

Eu disse a Maurice que compreendia meus erros. Fez com que eu parasse com um desses gestos de enfado aos quais já começo a me habituar.

— Você não tem nada a se censurar. Não voltemos ao passado a todo instante!

— E que tenho eu além disso?

Esse silêncio pesado!

Não tenho mais nada a não ser meu passado. Mas ele não é mais nem felicidade nem orgulho: é um enigma, uma angústia. Queria arrancar sua verdade. Mas se pode fiar na própria memória? Esqueci muita coisa e parece-me que, às vezes, até deformei os fatos. (Quem disse "nada mudou"? Maurice ou eu? Neste diário, eu escrevi que era ele. Decerto porque desejava acreditar...) Foi um pouco por hostilidade que contradisse Marie Lambert. Mais de uma vez, senti o rancor de Maurice. Ele o negou no dia do meu aniversário. Mas há palavras, inflexões da voz que repercutem ainda em mim. Não quis lhes dar importância e, entretanto, ainda me lembro. Quando Colette decidiu fazer esse casamento "idiota", é claro que, irritando-se contra ela, indiretamente ele me atacava. Responsabilizava-me por seu sentimentalismo, seu desejo de segurança, sua timidez, sua passividade. Mas, sobretudo, a partida de Lucienne foi um golpe para ele. "Foi para escapar de você que Lucienne partiu." Sei que ele pensa isso. Em que medida é verdade? Será que, com uma mãe diferente — menos ansiosa, menos presente —, Lucienne teria suportado a vida de família? Parecia-me, entretanto, que tudo ia melhor entre nós no último ano, que ela estava menos tensa: porque ia partir? Eu não sei mais. Se falhei na educação de minhas filhas, toda a minha vida não passa de um fracasso. Não posso acreditar. Mas que vertigem, quando surge a dúvida!

Será por piedade que Maurice fica comigo? Então, deveria dizer-lhe que fosse embora. Falta-me coragem. Se fica, talvez Noëllie se desencoraje e fique com Vallin ou com qualquer outro. Ou ele retome consciência do que fomos um para o outro.

O que me extenua é a alternância de suas gentilezas e de suas melancolias. Eu não sei nunca quem abre a porta. Como se ele tivesse horror de ter me feito mal, mas medo de ter me dado muita esperança. Deverei me imobilizar no desespero? Então ele esquecerá completamente quem eu fui e por que me amou.

Quinta-feira, 17 de dezembro
Marguerite fugiu de novo e não se consegue encontrá-la. Ela fugiu com aquela moça que é uma verdadeira vagabunda. Vai se prostituir, roubar. É doloroso. Mas não estou triste. Nada me atinge mais.

Sexta-feira, 18 de dezembro
De novo, eu os vi ontem à noite. Eu circulava nos arredores do Ano 2000, aonde vão com frequência. Desceram do conversível de Noëllie. Ele lhe tomou o braço, riam. Em casa, mesmo nos momentos amáveis, ele está sempre com um aspecto severo, seus sorrisos são forçados. "A situação não é fácil..." Ao meu lado, ele não a esquece um instante. Com ela, sim. Ria descontraído, despreocupado. Tive vontade de lhe fazer mal. Sei que é uma coisa de mulher e injusta. Ela não me deve nada. Mas é assim.

As pessoas são covardes. Pedi a Diana que me fizesse encontrar a amiga a quem mme. Vallin falou de Noëllie. Pareceu constrangida. A amiga não está mais tão segura do fato. Vallin dorme com uma jovem advogada muito conhecida. Mme. Vallin não disse seu nome. Pode-se supor que seja Noëllie, que advogou muitas vezes para sua empresa. Mas pode ser outra... Outro dia, Diana foi categórica. Ou é a amiga que não quer confusão, ou é Diana que tem medo que eu faça. Jurou-me que não. Ela só quer me ajudar! Sem dúvida. Mas todos têm ideias próprias sobre a melhor forma de me ajudar.

Domingo, 20 de dezembro
Cada vez que vejo Colette, eu a encho de perguntas. Ontem ela estava com lágrimas nos olhos.

— Nunca achei que você nos mimasse muito. Gostava de ser mimada... O que Lucienne pensava de você no ano passado? Nós não éramos muito íntimas, a mim também ela julgava... Achava-nos demasiadamente sentimentais, bancava a menina durona. Aliás, o que importa o que ela pensasse? Não se trata de um oráculo!

Claro, Colette nunca se sentiu oprimida, pois se conformava espontaneamente ao que eu esperava dela. E, evidentemente, não pode pensar que seja lastimável ser como é. Perguntei-lhe se não se aborrecia muito. (Jean-Pierre é um ótimo rapaz, mas meio chato.) Não, ela acha até que não tem mãos a medir. É menos simples do que pensava ser dona de casa. Não tem mais tempo de ler nem de ouvir música. "Trate de arranjar", disse-lhe, "caso contrário, acaba-se emburrecendo." Declarei que falava com conhecimento de causa. Ela riu: se eu sou burra, ela quer ser também. Ama-me ternamente. Isso ao menos não podem me tirar. Mas será que a esmaguei? Certamente, eu sonhava para ela outra existência: mais ativa, mais rica. A minha, na sua idade, ao lado de Maurice, era infinitamente mais. Será que se enfraqueceu ao viver à minha sombra?

Como gostaria de me ver com outros olhos que não os meus! Mostrei as três cartas a uma amiga de Colette que faz um pouco de grafologia. A letra de Maurice, sobretudo, a interessou. Falou bem de mim, menos bem de Noëllie. Mas os resultados eram falseados porque, certamente, compreendeu o sentido dessa consulta.

Domingo à noite
Tive uma feliz surpresa ainda há pouco, quando Maurice me disse: "É claro que passaremos juntos o *réveillon*." Penso que me oferece uma compensação pelos esportes de inverno aos quais renunciei. Pouco importa a razão. Decidi não estragar meu prazer.

Domingo, 27 de dezembro
Foi antes o prazer que me estragou. Espero que Maurice não tenha percebido. Tinha reservado uma mesa no Club 46. Ceia suntuosa, atrações excelentes. Esbanjava seu dinheiro e suas gentilezas. Eu usava um bonito vestido novo, sorria, mas estava num intolerável

estado de angústia. Todos aqueles casais... Bem-vestidas, enfeitadas, penteadas, maquiadas, as mulheres riam mostrando dentes cuidados por ótimos dentistas. Os homens acendiam seus cigarros, serviam-lhes champanhe, trocavam olhares e palavras ternas. Nos outros anos, o laço que unia cada um a cada uma me parecia palpável. Acreditava nos casais porque acreditava no casamento. Agora, via indivíduos dispostos ao acaso uns em frente aos outros. De tempos em tempos, a velha miragem ressuscitava; Maurice me parecia colado à minha pele, era meu marido como Colette minha filha, de modo irreversível: uma ligação que se pode esquecer, perverter, mas jamais se aniquilar. E depois, dele a mim, nada mais passava: dois estranhos. Tinha vontade de gritar: tudo é falso! Trata-se de comédia, de paródia. Beber juntos champanhe não é comungar. Voltando para casa, Maurice me beijou:

— Foi uma boa noite, não foi?

Estava contente e descontraído. Disse sim, é claro. No 31 de dezembro, passaremos o *réveillon* na casa de Isabelle.

1º de janeiro

Não deveria me rejubilar com o bom humor de Maurice: a verdadeira razão é que ele vai passar dez dias com Noëllie. Mas, se ao preço de um sacrifício reencontro sua ternura, sua alegria, quando antes rígido e zangado, saio ganhando. Éramos novamente um casal quando chegamos à casa de Isabelle. Um casal meio mambembe, mais ou menos recauchutado, mas apesar de tudo unidos. Outros casais nos cercavam: Isabelle e Charles, os Couturier, Colette e Jean-Pierre, e outros. Havia excelentes discos de jazz, eu bebi um pouco e, pela primeira vez desde... quanto tempo?, senti-me alegre. A alegria: uma transparência do ar, uma fluidez do tempo, uma facilidade em respirar: eu não pedia nada mais. Não sei como fui levada a falar das Salines de Ledoux e a descrevê-las em detalhes. Eles escutaram, fizeram perguntas, mas de repente me perguntei se não parecia estar imitando Noëllie, querendo brilhar como fazia, e se Maurice, uma vez mais, não me achava ridícula. Ele parecia um pouco tenso. Chamei Isabelle à parte:

— Falei demais? Fiz papel ridículo?

— Não! — protestou ela. — Era muito interessante o que você dizia!

Parecia aborrecida por me ver tão preocupada. Por que não tinha razão para estar? Ou por que tinha? Mais tarde, perguntei a Maurice por que parecia irritado:

— Mas eu não estava!
— Diz isso como se estivesse.
— Não!

É decerto minha pergunta que o aborrece. Não sei mais. Daqui em diante, sempre, por toda parte, por trás de minhas palavras e de meus atos, haverá um avesso que me escapa.

2 de janeiro

Ontem à noite jantamos na casa de Colette. A coitada teve um trabalho enorme, mas não teve sucesso. Eu a olhava com os olhos de Maurice. Uma coisa é certa: seu apartamento não tem graça. Mesmo para se vestir ou mobiliar a casa, ela não tem iniciativa. Jean-Pierre é muito gentil, em adoração diante dela, um bom coração. Mas não se sabe do que falar com ele. Eles não saem e têm poucos amigos. Uma vida bem apagada, bem medíocre. De novo, eu me perguntei aterrorizada: é minha culpa se a brilhante estudante de 15 anos se tornou essa jovem mulher apagada? Metamorfoses frequentes, já vi muitas parecidas. Mas talvez, todas as vezes, fosse por culpa dos pais. Maurice esteve muito alegre, simpático durante toda a noite e, ao sair, não fez comentários. Mas suponho que não deixava de pensar nisso.

Achei estranho que Maurice passasse todo o dia de ontem em casa e a noite comigo, na casa de Colette. Tive uma suspeita e, agora há pouco, telefonei para a casa de Noëllie: se ela tivesse atendido, eu desligaria. Atendeu sua secretária:

— Mme. Guérard só retornará a Paris amanhã.

Como sou ingênua! Noëllie não estando, eu sirvo para passar o tempo. Estou louca de raiva. Tenho vontade de pôr Maurice na rua, de acabar com isso de uma vez por todas.

Ataquei com violência. Ele respondeu que Noëllie tinha viajado porque ele havia decidido passar o *réveillon* comigo.

— Não! Eu me lembro agora; ela passa sempre as festas com a filha, na casa do marido.

— Ela contava só ficar quatro dias. — Ele me olhava com aquele ar sincero que lhe custa tão pouco.

— Em todo caso, vocês combinaram isso juntos!

— Evidentemente que eu falei com ela. — Ergueu os ombros: — As mulheres só ficam contentes quando o que lhes damos é arrancado ao outro com violência. O que conta não é a coisa em si, mas a vitória conseguida.

Eles decidiram juntos e é claro que isso estraga todo o prazer que esses dias me deram. Se ela se opusesse, certamente ele cederia. Então eu dependo dela, de seus caprichos, de sua grandeza de alma ou de sua mesquinhez: de fato, de interesses. Partem amanhã à noite para Courchevel. Pergunto-me se minha decisão não foi absurda. Só tira 15 dias de férias em vez de três semanas, o que é um sacrifício — observou —, levando-se em conta sua paixão pelo esqui. Fica, portanto, cinco dias a mais do que pensava com Noëllie. E eu perco dez dias de convívio com ele. Ela terá muito tempo para adulá-lo. Na volta, vai dizer para mim que está tudo terminado entre nós. Acabei de me afogar! Digo isso com uma espécie de inércia. Sinto que, de qualquer modo, estou liquidada. Ele tem cuidados comigo, talvez tenha medo que me suicide — o que está excluído, não quero morrer —, mas seu apego a Noëllie não diminui.

15 de janeiro

Deveria abrir uma lata de conserva. Ou preparar um banho. Mas então continuariam meus pensamentos a martelar. Se escrevo, ocupo-me, isso me permite fugir. Quantas horas sem comer? Quantos dias sem me lavar? Dei férias à empregada, enclausurei-me. Telefonaram com frequência, tocaram a campainha duas vezes, não respondo nunca, salvo às oito da noite, a Maurice. Ele liga todos os dias, pontualmente, com uma voz ansiosa:

— O que você fez hoje?

Respondo que vi Isabelle, Diana ou Colette, que fui ao concerto, ao cinema.

— E esta noite, o que vai fazer?

Digo que vou ver Diana ou Isabelle, que irei ao teatro. Ele insiste:

— Você está bem? Dorme bem?

Eu o tranquilizo e lhe pergunto como está a neve: não muito boa, e o tempo nada brilhante. Há melancolia em sua voz, como se estivesse se desincumbindo, em Courchevel, de uma empreitada aborrecida. E eu sei que, logo que desliga, chega rindo ao bar onde

Noëllie o espera e bebem drinques, comentando, com animação, os incidentes do dia.

Foi o que escolhi, não foi?

Escolhi enterrar-me em meu túmulo. Não vejo nem o dia nem a noite. Quando a coisa vai mal demais, quando se torna intolerável, engulo álcool, tranquilizantes ou soníferos. Quando melhora um pouco, tomo estimulantes e me atiro a um romance policial. Fiz uma provisão deles. Quando o silêncio me sufoca, ligo o rádio e chega de um planeta longínquo uma voz que mal compreendo: esse mundo tem seu tempo, suas horas, suas leis, sua linguagem, cuidados e divertimentos que me são completamente estranhos. A que grau de desprendimento se pode chegar quando se está só, enclausurado! O quarto fede a tabaco, a álcool, há cinzas por toda parte, estou suja, as cobertas estão sujas; o céu está sujo atrás das vidraças, essa sujeira é uma concha que me protege, dela não sairei nunca mais. Seria fácil deslizar um pouco mais longe, no nada, até o ponto de não mais voltar. Tenho tudo de que preciso na minha gaveta. Mas eu não quero, eu não quero! Tenho 44 anos, é cedo demais para morrer, é injusto! Não posso mais viver. Não quero morrer.

Durante duas semanas, não escrevi nada neste caderno porque o reli. E vi que as palavras não dizem nada. As raivas, os pesadelos, o horror escapam à palavra. Ponho essas coisas no papel quando retomo forças, no desespero ou na esperança. Mas a derrota, a degradação, a decomposição não estão marcadas nestas páginas. Além disso, elas mentem tanto, se enganam tanto! Como fui manobrada! Lentamente, lentamente. Maurice me fez lhe dizer "Escolha!" apenas para responder: "Não, não vou renunciar a Noëllie..." Oh! Não vou tornar a contar essa história. Não há uma linha neste diário que não peça uma retificação, um desmentido. Por exemplo, se eu comecei a escrevê-lo em Les Salines, não foi por causa de uma juventude recuperada de repente nem para povoar minha solidão, mas para conjurar certa ansiedade que não se confessava. Ela estava escondida no fundo do silêncio e no calor daquela tarde inquietante, ligada às melancolias de Maurice e à sua partida. Sim, ao longo destas páginas, eu pensava no que escrevia e pensava no contrário e, relendo-as, sinto-me completamente perdida. Há frases que me envergonham... "Eu sempre desejei a verdade, se a obtive, foi porque a desejava." Podemos nos enganar a esse ponto sobre a vida! Será que todo mundo é tão cego ou sou uma imbecil entre as imbecis? Não somente uma imbecil. Eu me enganava. Como eu me enganei! Repetia para mim mesma que Noëllie não contava, que Maurice me preferia, e eu sabia perfeitamente que não era verdade. Retomei a caneta, não para voltar atrás, mas porque o vazio era tão imenso em mim, em torno de mim, que era necessário esse gesto de minha mão para me assegurar de que ainda estava viva.

Às vezes eu me ponho nessa janela de onde o vi partir, num sábado de manhã, faz uma eternidade. Eu me dizia: "Ele não voltará." Mas não estava segura disso. Era a intuição fulgurante do que aconteceria mais tarde, do que aconteceu. Ele não voltou: não ele. E, um dia, não haverá nem mesmo seu simulacro ao meu lado. O carro está lá, estacionado junto à calçada, não o levou. Ele significava sua presença e vê-lo me aquecia. Agora, indica apenas sua ausência. Partiu. Terá partido para sempre. Não viverei sem ele. Mas não quero me matar. Então?

Por quê? Bato com a cabeça nas paredes desse impasse. Não amei durante vinte anos um vigarista! Não sou, sem o saber, uma imbecil ou uma megera! Era real esse amor entre nós, era sólido: tão indestrutível quanto a verdade. Apenas havia esse tempo que passava e eu não sabia. O rio do tempo, as erosões causadas pela água do rio: é isso, houve erosão de seu amor pelas águas do tempo. Mas, então, por que não do meu?!

Tirei do armário as caixas onde guardamos nossas velhas cartas. Todas as frases de Maurice que conheço de cor datam, pelo menos, de dez anos atrás. E também as lembranças. Preciso então acreditar que o amor apaixonado entre nós — pelo menos o dele por mim — só durou dez anos, mas que sua lembrança repercutiu durante os dez anos seguintes, dando às coisas uma repercussão que elas verdadeiramente não tinham. Todavia, ele tinha os mesmos sorrisos, os mesmos olhares durante esses últimos anos. (Oh! Se ao menos eu tornasse a encontrar esses olhares, esses sorrisos!) As cartas mais recentes são divertidas e ternas, mas destinadas às suas filhas quase tanto quanto a mim. De tempos em tempos, uma frase verdadeiramente calorosa contrasta com o tom habitual: mas há algo de pouco natural. As lágrimas cegaram-me quando quis ler minhas cartas.

Reli-as. Ficou-me uma sensação de mal-estar. No início, estão de acordo com as de Maurice, ardentes e alegres. Mais tarde, elas soam estranhas, vagamente queixosas, quase recriminadoras. Afirmo com demasiada exaltação que nós nos amamos como no primeiro dia, exijo que me assegure isso, faço perguntas que ditam respostas: como elas puderam me satisfazer quando sabia que as havia arrancado? Mas eu não entendia, esquecia. Esqueci muitas coisas. Que carta é essa que me escreveu e que eu lhe disse que queimei depois de seu telefonema? Lembro-me vagamente. Estava em Mougins com as crianças, ele preparava um exame, censurei-o por não me escrever bastante, respondeu-me com dureza. Com muita dureza. Precipitei-me até o telefone, transtornada. Ele se desculpou. Suplicou-me que queimasse a carta. Será que existem outros episódios que eu tenha enterrado? Imaginei que sempre agira de boa-fé. É horrível pensar que minha própria história não é mais que trevas atrás de mim.

Dois dias depois
Pobre Colette! Tivera o cuidado de lhe telefonar duas vezes, com uma voz alegre, para que ela não se preocupasse. Mas assim mesmo se espantou por não ir vê-la nem lhe pedir que viesse. Tocou a campainha e bateu à porta com tanta violência que a abri. Fez uma cara tão espantada que me vi em seus olhos. Vi o apartamento e também me espantei. Forçou-me a fazer minha toalete, arrumar uma valise e ir instalar-me em sua casa. A empregada deixará tudo em ordem. Logo que Jean-Pierre sai, eu me agarro a Colette, encho-a de perguntas. Brigávamos muito, seu pai e eu? Durante certo período, sim, e isso a assustou justamente porque até aí nos dávamos muito bem. Mas em seguida não houve mais cenas, pelo menos diante dela.

— Assim mesmo, não era mais como antes?

Ela disse que era muito jovem para perceber isso. Não me ajuda. Se fizesse um esforço, poderia me dar a chave dessa história. Parece-me sentir reticências em sua voz, como se ela também tivesse algumas ideias na cabeça. Quais? Eu teria ficado um caco? Verdadeiramente um caco? Neste momento, eu estou, sim: descarnada, os cabelos mortos, a pele feia. Mas há oito anos? Isso eu não ouso lhe perguntar. Ou serei tola? Ou, pelo menos, não suficientemente brilhante para Maurice? Terríveis perguntas quando não se tem o hábito de se interrogar a respeito de si próprio.

19 de janeiro
Devo acreditar? Estaria sendo recompensada pelo esforço feito no sentido de deixar Maurice livre, de não me agarrar a ele? Pela primeira

vez, depois de semanas, dormi sem pesadelos essa noite e alguma coisa desapertou em minha garganta. A esperança. Frágil ainda, mas está aqui. Fui ao cabeleireiro, ao instituto de beleza, estava arrumada, a casa brilhando, tinha até comprado flores quando Maurice chegou. Entretanto, sua primeira frase foi:

— Com que cara você está!

É verdade que emagreci quatro quilos. Fiz Colette jurar que não lhe contaria em que estado me encontrou, mas estou quase certa de que ela lhe falou. Enfim! Talvez tivesse feito bem. Ele me tomou em seus braços:

— Minha pobre querida!

— Mas está tudo bem — disse-lhe.

(Eu tinha tomado um Librium, queria parecer descansada.) E, para meu espanto, foi nos olhos dele que vi lágrimas:

— Comportei-me como um calhorda!

— Não é calhordice amar outra mulher. Não é sua culpa.

Ele disse, erguendo os ombros:

— Será que a amo?

Alimento-me com essa frase há dois dias. Passaram duas semanas juntos, no ócio e na beleza da montanha, e ele volta me dizendo: "Será que a amo?" É uma partida que eu não ousaria jogar com sangue-frio, mas meu desespero serviu-me. Essa longa solidão a dois começou a gastar sua paixão. Repetiu: "Eu não queria isso! Não queria fazer você tão infeliz!" Isso é um clichê que não me emociona. Se ele só tivesse tido um impulso de piedade, eu não teria ficado esperançosa. Mas perguntou bem alto, diante de mim: "Será que a amo?" E eu disse a mim mesma que é talvez a amostra da descristalização que vai afastá-lo de Noëllie e devolvê-lo a mim.

23 de janeiro

Passou todas as noites em casa. Comprou novos discos e nós ficamos ouvindo. Prometeu-me que, em fins de fevereiro, faríamos uma pequena viagem ao sul.

As pessoas simpatizam mais com a desgraça do que com a felicidade. Contei a Marie Lambert que, em Courchevel, Noëllie se havia desmascarado e que Maurice talvez estivesse voltando definitivamente para mim. Ela disse, sem dar importância:

— Se é definitivamente, tanto melhor.

Afinal, ela não me deu nenhum conselho válido. Estou certa de que falam de mim nas minhas costas. Eles têm lá suas ideiazinhas sobre a minha história e não me dizem nada. Confidenciei a Isabelle:

— Você teve razão de me impedir de criar o irreparável. No fundo, Maurice jamais parou de me amar.

— Suponho que sim — respondeu em tom de dúvida.

Reagi vivamente:

— Você supõe? Pensa que ele não me ama? Você me afirmava sempre o contrário...

— Não penso nada de preciso. Tenho a impressão de que ele próprio não sabe o que quer.

— O quê? Você soube alguma novidade?

— Nada, absolutamente.

Não imagino o que possa ter sabido. Ele tem, simplesmente, espírito de contradição: confortava-me quando eu duvidava, duvida quando volto a confiar.

24 de janeiro

Deveria ter desligado, dito "Ele não está!" ou mesmo não responder nada. Que topete! E esse rosto transtornado de Maurice! Falarei com firmeza, daqui a pouco, quando voltar. Estava lendo os jornais ao meu lado quando telefonaram. Noëllie! É a primeira vez e é demais. Muito polida:

— Gostaria de falar com Maurice.

Estupidamente, passei-lhe o telefone. Ele mal falava, parecia terrivelmente aborrecido. Repetiu muitas vezes "Não, é impossível" e acabou dizendo "Bem, eu vou". Quando desligou, eu gritei:

— Você não irá! Ousar procurá-lo aqui!

— Escute: nós tivemos uma briga violenta. Ela está desesperada porque não lhe dei sinal de vida.

— Eu também, muitas vezes, fiquei desesperada e nunca o chamei em casa de Noëllie.

— Eu lhe suplico. Não torne as coisas mais difíceis. Noëllie é capaz de se matar.

— Ora!

— Você não a conhece!

Caminhava de um lado para o outro, deu um pontapé numa poltrona, e eu compreendi que, de qualquer modo, ele iria. Durante tantos dias, nós nos entendêramos tão bem que, de novo, fui covarde. Disse: "Vá." Mas, logo que voltar, eu falarei. Não farei cenas, porém, não quero ser tratada como um capacho.

25 de janeiro
    Estou desesperada. Ele telefonou para dizer que passaria a noite com Noëllie, que não podia deixá-la no estado em que estava. Eu protestei, ele desligou, liguei por minha vez, o telefone tocou muito tempo e, depois, eles desligaram. Quase pulei num táxi e fui arrebentar a campainha da casa de Noëllie. Não tive coragem de enfrentar Maurice. Saí, caminhei no frio da noite, sem ver nada, sem parar, até cansar. Um táxi me trouxe de volta e me joguei, vestida, no sofá da sala de estar. Maurice me acordou:
    — Por que não se deitou?
    Havia censura em sua voz. Cena terrível. Eu disse-lhe que só havia passado aqueles dias comigo por estar brigado com Noëllie, mas, ao primeiro estalar de seus dedos, ele voltava, e eu podia morrer de tristeza.
    — Você é injusta! — disse com indignação. — Se você quer saber, foi por sua causa que nós dois brigamos.
    — Por mim?
    — Ela queria prolongar nossa estada na montanha.
    — Diga antes que ela queria que você acabasse comigo!
    Chorei, chorei, chorei...
    — Você sabe bem que acabará por me deixar.
    — Não.

30 de janeiro
    O que está acontecendo? O que eles sabem? Não são mais os mesmos comigo. Isabelle anteontem... Fui agressiva com ela. Censurei-a por ter me dado maus conselhos. Desde o primeiro dia, fiz concessões, engoli tudo: resultado: Maurice e Noëllie me tratam como um capacho. Ela defendeu-se um pouco. Não sabia, no início, que se tratava de uma ligação já antiga.
    — E você não queria admitir que Maurice era um calhorda — disse eu.
    Ela protestou:
    — Não, Maurice não é um calhorda! É um homem acuado entre duas mulheres: ninguém é brilhante num caso assim.
    — Ele não deveria ter criado essa situação.

— Isso acontece a gente muito boa.

Ela é indulgente com Maurice porque aceitou muitas coisas de Charles. Mas entre eles a história era muito diferente.

— Não creio mais que Maurice seja um bom sujeito — disse. — Descobri nele mesquinharias. Feri-o em sua vaidade por não me maravilhar com seus sucessos.

— Nesse caso, você é injusta — declarou severamente. — Se um homem gosta de falar de seu trabalho, não é por vaidade. Sempre me surpreendi por ver você se importar tão pouco com o trabalho de Maurice.

— Não tenho nada de interessante a lhe dizer...

— Não. Mas ele, certamente, gostaria de deixá-la a par de suas dificuldades, de suas descobertas.

Uma suspeita me ocorreu:

— Você o viu? Ele falou com você? Conseguiu enrolar você?

— Está sonhando!

— Espanta-me que você tome seu partido. Se ele é correto, então a errada sou eu.

— Absolutamente. As pessoas podem não se entender, sem que nenhuma seja culpada.

Antes ela falava comigo de outra forma. Que palavras têm na ponta da língua e não me dizem?

Voltei desencorajada. Que recaída! Praticamente, ele passa todo o tempo com Noëllie. Nos raros momentos que me concede, evita ficar sozinho comigo. Leva-me ao restaurante ou ao teatro. Tem razão. É menos penoso do que nos encontrarmos no que outrora foi nosso lar.

Colette e Jean-Pierre são encantadores. Eles se preocupam muito comigo. Levaram-me para jantar num simpático restaurante de Saint-German-des-Prés, onde se ouviam excelentes discos. Tocaram um blues que muitas vezes ouvi com Maurice, e compreendi que era todo o meu passado, toda a minha vida que iam me tirar, que eu já havia perdido. Desmaiei bruscamente depois de ter dado, ao que parece, um pequeno grito. Recuperei a consciência logo depois, mas Colette ficou impressionada. Encolerizou-se:

— Não quero que você se martirize desse jeito! Levando em conta o modo como papai agiu, você deveria mandá-lo passear. Que ele vá viver com aquela mulherzinha. Você, pelo menos, ficará tranquila.

Há um mês, ela não teria me dado esse conselho.

O fato é que, se eu fosse boa jogadora, diria a Maurice que se fosse. Mas minha última esperança é que Noëllie, por seu lado, se enerve, faça cenas e mostre seu pior lado. E também que minha boa vontade comova Maurice. Além disso, mesmo que sua presença seja rara, aqui é a sua casa. Não vivo num deserto. Fraqueza, covardia... Não devo me maltratar, não há razão... tento sobreviver.

Olho minha estatueta egípcia: ela foi bem colada. Nós a compramos juntos. Parecia penetrada de ternura, do azul do céu. Agora, parece nua, desolada. Tomo-a nas mãos e choro. Não posso mais usar o colar que Maurice me deu nos meus quarenta anos. Todos os objetos, todos os móveis em torno de mim foram lavados por um ácido. Só restou uma espécie de esqueleto pungente.

31 de janeiro
Perco as estribeiras. Caio mais e mais, cada vez mais baixo. Maurice é previdente e gentil. Mas esconde mal a alegria de haver recuperado Noëllie. Não diria mais: "Será que a amo?" Ontem eu jantava com Isabelle e desabei no seu ombro, soluçando. Felizmente, era num bar bastante escuro. Ela diz que eu abuso de estimulantes e de tranquilizantes, que me destruo. (É verdade que estou péssima. Recomecei a perder sangue esta manhã, 15 dias antes da data da menstruação.) Marie Lambert me aconselha a procurar um psiquiatra, não um psicanalista, para um tratamento de apoio. Mas o que esse tratamento poderia fazer por mim?

2 de fevereiro
Outrora, eu tinha caráter, teria batido a porta na cara de Diana, mas agora não passo de um trapo. Como pude me dar com ela? Ela me divertia e, naquele tempo, nada tinha consequências.

— Ah! Como você emagreceu! Como parece cansada!

Senti logo que vinha me visitar por curiosidade, por maldade. Não deveria tê-la recebido. Começou a bater com a língua nos dentes; eu não escutava. Bruscamente, atacou:

— Fico muito triste vendo-a nesse estado. Reaja, mude de ideias, faça uma viagem, por exemplo... Senão vai ter uma depressão nervosa.

— Estou muito bem.

— Ora, ora! Você se consome. Acredite, chega um momento em que é preciso saber parar.

Ela pareceu hesitar:

— Ninguém ousa dizer-lhe a verdade. Eu acho que, frequentemente, por querer poupar demais as pessoas, só lhes fazemos mal. É preciso que você se convença de que Maurice ama Noëllie. É muito sério.

— Foi Noëllie quem lhe disse isso?

— Não só Noëllie. Amigos que os viram em Courchevel. Pareciam absolutamente decididos a viver juntos.

Tentei tomar um ar desenvolto:

— Maurice mente a Noëllie tanto quanto a mim.

Diana olhou-me com comiseração.

— Em todo caso, eu a preveni. Noëllie não é o tipo de mulher que se deixa tapear. Se Maurice não lhe dá o que quer, ela o deixará. E evidentemente, ele sabe. Eu me espantaria se não agisse intencionalmente...

Saiu quase em seguida. Ouço-a daqui: "Essa pobre Monique! O aspecto que tem! Ainda tem ilusões!" Vagabunda! Claro que ele ama Noëllie, não ia me torturar por nada.

3 de fevereiro

Não deveria fazer perguntas. São armadilhas que monto, e ele rapidamente se aproveita. Perguntei a Maurice:

— É verdade o que diz Noëllie? Que você está decidido a viver com ela?

— Ela certamente não diz isso. Não é verdade.

Hesitou.

— O que eu teria vontade... eu não disse nada a ela porque só concerne a você... é viver sozinho durante algum tempo. Existe uma tensão entre nós que desapareceria se nós deixássemos... ah! provisoriamente... de morar juntos.

— Você quer me deixar?

— Claro que não. Nós nos veríamos do mesmo modo.

— Eu não quero!

Gritei. Ele me pegou pelos ombros:

— Pare! Pare! — disse com doçura. — Era uma ideia no ar. Se ela lhe é tão penosa, eu renuncio.

Noëllie quer que ele me deixe, ela insiste, faz cenas, estou convencida. É ela quem o empurra. Eu não cederei.

6 de fevereiro. Depois sem data

Que coragem inútil para as menores coisas, quando se perdeu o gosto de viver! À noite, preparo o bule de chá, a xícara, a caçarola, ponho cada coisa em seu lugar, para que, de manhã, a vida continue com o mínimo esforço possível. E é, apesar disso, quase insuportável sair de debaixo das cobertas, acordar para o dia. Faço vir a empregada à tarde para poder ficar na cama quanto quiser de manhã. Acontece-me levantar quando Maurice volta à uma hora para almoçar. Ou, se ele não vem, só quando mme. Dormoy faz rodar a chave na fechadura. Maurice franze as sobrancelhas quando o acolho à uma da tarde de penhoar e despenteada. Pensa que eu represento a comédia do desespero. Ou, pelo menos, que não faço o esforço necessário para "viver corretamente" a situação. Ele também repete sempre:

— Você deveria consultar um psiquiatra.

Continuo a perder sangue. Se minha vida pudesse escapar de mim sem que eu fizesse o mínimo esforço para isso!

Deve haver uma verdade. Eu deveria tomar o avião para Nova York e perguntar a Lucienne a verdade. Ela não gosta de mim e me dirá. Então, apagaria tudo o que está errado, tudo o que me é nocivo e poria as coisas em seu lugar entre Maurice e mim.

Ontem à noite, quando Maurice voltou, eu estava sentada na sala de estar, no escuro, de penhoar. Era domingo, eu tinha me levantado no meio da tarde, comido presunto e bebido conhaque. E depois, fiquei sentada, seguindo os pensamentos que turbilhonavam na minha cabeça. Antes de sua chegada, tomei tranquilizantes e voltei a sentar na poltrona, sem mesmo pensar em acender a luz.

— O que está fazendo? Por que não acendeu a luz?

— Para quê?

Repreendeu-me afetuosamente, mas com um fundo de irritação. Por que não vejo meus amigos? Por que não vou ao cinema? Citou-me cinco filmes que deveria ver. É impossível. Houve um tempo em que eu podia ir ao cinema e até ao teatro sozinha. Era porque eu não estava só. Havia sua presença em mim e em torno de mim. Agora, quando estou só, eu me digo "Estou sozinha". E tenho medo.

— Você não pode continuar desse jeito — disse-me ele.
— Continuar como?
— A não comer, a não se vestir, a se enterrar neste apartamento.
— Por que não?
— Você ficará doente. Ou louca. Não posso ajudá-la porque estou em causa. Mas lhe suplico: vá a um psiquiatra.

Disse não. Ele insistiu, insistiu, ao fim impacientou-se:
— Como quer sair disso? Não faz nada para ajudar!
— Sair do quê?
— Desse marasmo. Parece que você se afunda de propósito.

Fechou-se em seu escritório. Pensa que lhe faço uma espécie de chantagem desprezível para assustá-lo e evitar que me deixe. Pode ser que tenha razão. Será que sei quem sou? Decerto uma espécie de sanguessuga que se alimenta da vida dos outros: de Maurice, de nossas filhas, de todos aqueles pobres miseráveis aos quais pretendia ajudar. Uma egoísta que se recusa a largar a presa. Bebo, não me cuido, deixo-me adoecer com a intenção inconfessada de enternecê-lo. Inteiramente falsa, apodrecida até os ossos, representando comédias, explorando sua piedade. Deveria dizer-lhe que fosse viver com Noëllie e ser feliz. Mas não consigo.

Na noite passada, em sonhos, eu estava com um vestido azul-céu e o céu estava azul.

Aqueles sorrisos, aqueles olhares, aquelas palavras não podem ter desaparecido. Flutuam no apartamento. As palavras, com frequência eu as ouço. Uma voz diz ao meu ouvido, bem distintamente: "Minha pequena, minha querida, minha queridinha..." Seria necessário pegar no ar os olhares, os sorrisos e colocá-los de surpresa no rosto de Maurice, e então tudo seria como antes.

Continuo a perder sangue. Tenho medo.

"Quando se está tão por baixo, só se pode subir", disse Marie Lambert. Que estupidez! Pode-se sempre descer mais baixo e mais baixo e ainda mais baixo. É sem fundo. Ela diz isso para se livrar de mim. Está farta de mim. Todos estão fartos. As tragédias são assim: as pessoas se interessam, são curiosas, são boas. Mas, quando se repetem e marcam passo, tornam-se fastidiosas. Mesmo para mim, é tão cansativo! Isabelle, Diana, Colette, Marie Lambert já estão cheias. E Maurice...

Um homem tinha perdido sua sombra. Não sei mais o que lhe aconteceu, mas foi terrível. Eu perdi minha própria imagem. Não a olhava com frequência, mas, num segundo plano, ela estava tal qual Maurice a havia pintado para mim. Uma mulher direta, verdadeira, "autêntica", sem mesquinharia nem preconceitos, mas compreensiva, indulgente, sensível, profunda, atenta às coisas e às pessoas, apaixonadamente dedicada aos seres que ama e que cria para eles a felicidade. Uma bela vida, serena e plena, "harmoniosa". Está escuro, não me vejo mais. E o que enxergam os outros? Talvez algo hediondo.

Há conciliábulos pelas minhas costas. Entre Colette e seu pai, Isabelle e Marie Lambert, Isabelle e Maurice.

20 de fevereiro
Acabei cedendo. Tinha medo do sangue que perdia. Medo do silêncio. Tinha adquirido o hábito de telefonar para Isabelle três vezes por dia e para Colette no meio da noite. Então, agora, eu pago alguém para me ouvir. É impagável!

Ele insistiu para que eu retomasse este diário. Compreendo bem sua estratégia: tenta restituir meu interesse por mim mesma, restituir minha identidade. Mas, para mim, só Maurice conta. Eu, o que é isso? Nunca me incomodei comigo. Estava garantida, pois ele me amava. Se já não me ama... Só a passagem me preocupa: por que mereci não ser mais amada? Ou não mereci e ele é um salafrário, logo, era preciso castigá-lo e sua cúmplice também. O dr. Marquet toma as coisas por outro lado: meu pai, minha mãe, a morte de meu pai. Quer me fazer falar de mim quando só tenho vontade de falar de Maurice e de Noëllie. De qualquer modo, perguntei-lhe se me achava inteligente. Sim, certamente. Mas a inteligência não é uma faculdade separada: quando me entrego às obsessões, minha inteligência não está mais disponível.

Maurice me trata com aquela mistura de delicadeza e surda irritação que se tem em relação aos doentes. É paciente, paciente até me dar vontade de gritar, coisa que faço algumas vezes. Ficar louca seria uma boa maneira de fugir. Mas Marquet assegura que isso não me ameaça, sou solidamente estruturada. Mesmo com o álcool e as drogas, nunca me desequilibrei por bastante tempo. É uma saída que me é vedada.

23 de fevereiro
A hemorragia parou. E consigo comer um pouco. Mme. Dormoy estava radiante ontem porque eu engolira todo o seu suflê de queijo. Ela me comove. Durante esse longo pesadelo do qual começo a emergir, ninguém me prestou mais socorro do que ela. Toda noite, eu encontrava sob o travesseiro uma camisola limpa. Então, às vezes, em vez de me deitar toda vestida, eu punha a camisola que me obrigava, por sua brancura, a fazer minha toalete. Ela me dizia, à tarde: "Eu lhe preparei um banho", e eu o tomava. Inventava pratos apetitosos, sem jamais fazer um comentário, uma pergunta. E eu tinha vergonha, vergonha de meu desmazelo, eu que sou rica, diante dela, que é pobre.

"Colabore", pedia o dr. Marquet. Bem que eu quero. Quero tentar me reencontrar. Plantei-me diante do espelho: como estou feia! Como meu corpo é desgracioso! Desde quando? Em minhas fotos de dois anos atrás, eu me acho agradável. Nas do ano passado, não estou tão ruim, mas são fotografias de amador. Será a infelicidade desses cinco meses que me mudou? Ou comecei a degringolar faz muito tempo?

Faz uma semana escrevi para Lucienne. Respondeu-me com uma carta muito afetuosa. Está desolada com o que está me acontecendo e gostaria de falar comigo a respeito, mesmo que não tenha nada de especial a me dizer. Sugere que vá vê-la em Nova York, poderia preparar tudo para eu passar duas semanas lá, conversaríamos e, além disso, eu me distrairia. Mas não quero partir agora. Quero lutar aqui.

Quando penso que dizia: "Eu não lutarei!"

26 de fevereiro
Obedeci ao psiquiatra, aceitei um trabalho. Vou à sala dos jornais da *Nationale* pesquisar velhas revistas médicas por conta de um pesquisador que escreve sobre a história da medicina. Não sei como isso pode resolver meus problemas. Quando preencho duas ou três fichas, não encontro nenhuma satisfação.

3 de março
A que ponto chegamos! Enviaram-me ao psiquiatra, fizeram-me ganhar forças antes de me desferirem o golpe definitivo. É como aqueles médicos nazistas que reanimavam as vítimas para recomeçar a torturá-las. Gritei-lhe: "Nazista! Carrasco!" Ele parecia acabrunhado. Verdadeiramente, era ele a vítima. Chegou mesmo a dizer:

— Monique, tenha um pouco de piedade de mim!

Maurice explicou-me de novo, com mil precauções, que a coabitação não nos era favorável, que não ia se instalar na casa de Noëllie, mas que ia procurar um pequeno apartamento. Isso não impediria de nos vermos nem mesmo de passarmos juntos alguns dias nas férias. Disse não, gritei, insultei-o. Desta vez, não disse que abandonava sua ideia.

Que embuste sua ergoterapia! Abandonei esse trabalho cretino.

Penso na novela de Poe: as paredes de ferro que se aproximam e o pêndulo em forma de faca a oscilar acima de meu coração. Em certos momentos, ele para, mas nunca sobe. Está apenas a alguns centímetros de minha pele.

5 de março

Contei ao psiquiatra nossa última cena. Ele me disse: "Se tiver coragem, valeria a pena que ao menos por algum tempo se afastasse de seu marido." Será que Maurice lhe pagou para me dizer isso? Olhei-o bem de frente:

— É curioso que não me tenha dito isso antes.

— Esperava que a ideia viesse da senhora.

— Ela não vem de mim, mas de meu marido.

— Sim, mas, de qualquer forma, foi a senhora que me falou a respeito.

E depois, começou a me embrulhar com histórias de personalidade perdida e reencontrada, de distâncias a tomar, de retorno a si próprio. Bobagens.

8 de março

O psiquiatra acabou por me desmoralizar. Não tenho mais forças, não tento mais lutar. Maurice está procurando um apartamento mobiliado: tem muita coisa em vista. Dessa vez, eu nem protestei. No entanto, nossa conversa foi horrível. Disse, sem cólera, completamente abatida, vazia:

— Teria sido melhor se você tivesse me avisado desde sua volta, ou mesmo em Mougins, que tinha decidido me deixar.

— Antes de mais nada, eu não estou deixando você.

— Não jogue com as palavras.

— Em seguida, eu não tinha decidido nada.

Uma nuvem passou diante de meus olhos.

— Você quer dizer que me pôs à prova durante seis meses e que eu perdi minha chance? É abominável.

— Absolutamente. É de mim que se trata. Esperava me arranjar entre Noëllie e você. E fiquei tonto. Não consigo nem trabalhar.

— É Noëllie que exige que você saia.

— Ela não suporta a situação, como você.

— Se eu a suportasse melhor, você ficaria?

— Mas você não pode. Até a sua gentileza, o seu silêncio me desolam.

— Você me deixa porque sofre demais com a piedade que lhe inspiro?

— Ah! Eu lhe peço: compreenda-me! — disse, implorando.

— Eu compreendo — falei.

Talvez ele não mentisse. Talvez, nesse verão, não tivesse ainda se decidido. A frio, deveria parecer-lhe atroz a ideia de partir meu coração. Mas Noëllie o pressionou. Talvez ameaçasse romper? Então, finalmente, ele me dá o fora.

Repeti:

— Eu compreendo: Noëllie o encostou na parede. Ou você me deixa, ou ela larga você. Pois bem! Ela é verdadeiramente má. Poderia muito bem aceitar que você guardasse um lugarzinho para mim em sua vida.

— Mas eu lhe guardo um, um lugar bem grande.

Ele hesitava: negar ou reconhecer que cedia a Noëllie? Provoquei-o:

— Jamais pude imaginar que você cederia diante de uma chantagem.

— Não há troca nem chantagem. Preciso de um pouco de solidão e de silêncio, preciso ter um lugar para mim: você verá que tudo ficará melhor entre nós.

Ele tinha escolhido a versão que lhe parecia me fazer menos mal. Seria verdadeira? Não saberei nunca. O que sei, em contrapartida, é que, em um ano ou dois, quando eu tiver me habituado, ele viverá com Noëllie. Onde estarei? No túmulo? Num hospício? Tanto faz. Não importa. Nada importa...

Ele insiste — e também Colette e Isabelle, e eles mais ou menos tramaram isso juntos, e quem sabe até sugeriram a Lucienne o convite feito — que eu vá passar duas semanas em Nova York. Será menos penoso para mim que ele mude durante minha ausência, explicam-me. O fato é que, quando eu o vir esvaziar seus armários, não conseguirei evitar uma crise de nervos. Bom. Cedo mais uma vez. Lucienne me ajudará talvez a me compreender, se bem que, agora, isso não tem mais nenhuma importância.

15 de março. Nova York

Não posso me impedir de esperar o telegrama ou o telefonema de Maurice me anunciando "Rompi com Noëllie" ou simplesmente "Mudei de opinião. Fico em casa". É claro que ele não chega.

Dizer que eu poderia ficar tão feliz visitando esta cidade! E estou cega.

Maurice e Colette me levaram ao aeroporto. Eu estava entupida de tranquilizantes. Lucienne me receberia na chegada: uma bagagem que se transporta, uma enferma, uma débil mental. Dormi, não pensei em nada e aterrissei num nevoeiro. Como Lucienne ficou elegante! Não era mais uma mocinha, e sim uma mulher muito segura de si. (Ela que detestava os adultos! Quando eu lhe dizia: "Reconheça que eu tenho razão", ficava furiosa: "Você está errada! Você está errada em ter razão!") Conduziu-me de carro até um bonito apartamento que uma amiga lhe emprestara por duas semanas, na rua 50. E, enquanto desfazia minhas malas, eu pensava: "Vou forçá-la a me explicar tudo. Saberei por que fui condenada. Será menos insuportável que a ignorância." Ela me disse:

— Você fica muito bem mais magra.

— Estava muito gorda?

— Um pouco. Está bem melhor.

Sua voz pausada me intimidava. Assim mesmo, à noite, tentei falar com ela. (Tomávamos drinques num bar barulhento e muito quente.)

— Você viu nossa vida — disse-lhe — e era mesmo muito crítica a meu respeito. Não tenha medo de me ferir. Tente me explicar por que seu pai parou de me amar.

Ela sorriu com um pouco de piedade:

— Mas, mamãe, após 15 anos de casamento, é natural que não se ame mais a mulher. O contrário é que seria espantoso!

— Há pessoas que se amam a vida inteira.

— Elas fingem.

— Escute. Não me responda com generalidades, como os outros: é normal, é natural. Não me satisfaz. Certamente, eu cometi erros. Quais?

— Errou acreditando que as histórias de amor duravam. Eu compreendi: quando começo a me apegar muito a um cara, arranjo outro.

— Então você não amará nunca!

— Não, é claro. Você está vendo aonde isso nos leva.

— Para que viver se não se ama ninguém?

Não posso desejar não ter amado Maurice, nem mesmo hoje não mais amá-lo. Eu queria que ele me amasse.

Nos dias seguintes, insisti:

— Olhe Isabelle, Diana e os Couturier: apesar de tudo, existem casamentos duráveis.

— É uma questão de estatística. Quando você aposta no amor conjugal, você tem a possibilidade de ser abandonada aos quarenta anos, com as mãos vazias. Tirou o número errado, mas não é a única.

— Não atravessei o oceano para ouvi-la dizer banalidades.

— É tão pouco banal que você não tinha jamais pensado nisso e não quer nem mesmo admitir.

— As estatísticas não explicam o que acontece comigo!

Ela dá de ombros, desvia a conversa, me leva ao teatro, ao cinema, me faz visitar a cidade. Mas eu me obstino:

— Você tinha a impressão de que eu não compreendia seu pai, de que não estava à sua altura?

— Aos 15 anos, por certo, como todas as meninas enamoradas do pai.

— Diga exatamente o que pensava.

— Que você não o admirava o bastante. Para mim, era uma espécie de super-homem.

— Claro que errei em não me interessar mais por seus trabalhos. Acredita que ele me quisesse mal?

— Por causa disso?

— Disso e de outras coisas.

— Não que eu saiba.

— Brigávamos muito?

— Não. Não diante de mim.

— Parece que em 1955... Colette se lembra.

— Porque estava sempre agarrada à sua saia. É mais velha do que eu.

— Então, por que motivo você julga que seu pai me deixa?

— Com frequência, os homens nessa idade têm vontade de começar uma vida nova. Imaginam que ela será nova toda a vida.

Verdadeiramente, não tiro nada de Lucienne. Pensará tão mal de mim que julga impossível me dizer?

16 de março

— Você não quer falar a meu respeito porque pensa tão mal de mim assim?

— Que ideia!

— Eu me repito muito, é verdade. Mas quero ver meu passado com clareza.
— É o futuro que conta. Arranje um homem ou procure um trabalho.
— Não. Preciso de seu pai.
— Talvez ele volte para você.
— Você sabe perfeitamente que não.

Nós tivemos dez vezes essa conversa. A ela também eu aborreço. Exaspero-a. Talvez se eu exasperá-la mais ela termine explicando e me dizendo. Mas tem uma paciência que me desencoraja. Quem sabe eles lhe escreveram para expor meu caso e exortá-la a me suportar?

Meu Deus, uma vida é tão plana, é clara, decorre naturalmente quando tudo vai bem. E basta um esbarrão. Descobre-se que é opaca, que não se sabe nada sobre as pessoas, nem sobre si próprio, nem sobre os outros: o que são, o que pensam, o que fazem, como nos veem.

Indaguei-lhe como julgava o pai.
— Ah! Não julgo ninguém.
— Você não acha que ele se comportou como um calhorda?
— Francamente, não. Ele tem, certamente, ilusões quanto a essa mulherzinha. É um ingênuo, não um calhorda.
— Acha que ele tem o direito de me sacrificar?
— Evidentemente, é duro para você. Mas por que ele deveria se sacrificar? Eu sei muito bem que não farei sacrifícios por ninguém.

Ela disse isso com uma espécie de bazófia. Será tão dura quanto quer parecer?, eu me pergunto. Parece muito menos segura do que pensei a princípio. Ontem, interroguei-a sobre ela:

— Escute, eu queria que você fosse sincera comigo, preciso disso... seu pai mentiu tanto para mim! Foi por minha causa que você veio para a América?
— Que ideia!
— Seu pai está convencido disso. E então tem muita raiva de mim. Sei bem que a oprimia. Sempre a oprimi.
— Digamos antes que eu não fui feita para a vida em família.
— Era a minha presença que você não suportava. Partiu para se libertar de mim.
— Não exageremos. Você não me oprimia. Não. Eu somente quis ver se podia voar com minhas próprias asas.
— Você sabe agora.

— Sim, sei que posso.
— Você é feliz?
— Essa é uma de suas palavras. Para mim não tem sentido.
— Então quer dizer que você não é feliz.
Respondeu num tom agressivo:
— Minha vida me convém perfeitamente.

Trabalhos, saídas, breves encontros: acho essa existência árida. Ela é brusca, impaciente — não apenas comigo —, atitudes que me parecem trair um mal-estar. Também é minha culpa, essa recusa de amor. Meu sentimentalismo a enojou, fez tudo para não se parecer comigo. Há qualquer coisa dura, quase ingrata, em suas maneiras. Apresentou-me alguns de seus amigos e fiquei espantada com sua atitude para com eles: sempre de pé atrás, distante, cortante. Seu riso não tem alegria.

20 de março
Há qualquer coisa errada com Lucienne. Há nela, hesito em escrever a palavra — me causa horror —, mas é a que convém: maldade. Crítica, sardônica, língua ferina: sempre foi assim, mas agora é com verdadeira malevolência que critica as pessoas que chama de amigos. Agrada-lhe dizer-lhes verdades desagradáveis. São, na verdade, simples relações. Fez um esforço para me apresentar pessoas, mas, no geral, vive muito só. A maldade é uma defesa. Contra o quê? Em todo caso, ela não é a moça forte, radiosa, equilibrada que eu, em Paris, imaginava. Será que falhei com as duas? Não, ah, não!
Perguntei-lhe:
— Você acha, como seu pai, que Colette fez um casamento idiota?
— Ela fez o casamento que devia fazer. Só sonhava com o amor, era fatal que se apaixonasse pelo primeiro rapaz que encontrasse.
— Foi por minha causa que ela era assim?
Riu com seu riso sem alegria:
— Você sempre teve um senso de responsabilidade muito exagerado.
Insisti. Segundo ela, o que conta na infância é a situação psicanalítica, tal qual existe, à revelia dos pais, quase malgrado eles... A educação, no que ela tem de consciente, de deliberado, seria muito secundário. Minhas responsabilidades seriam nulas. Magro consolo. Eu não pensava ter de me defender de culpas: minhas filhas eram meu orgulho.
Perguntei-lhe também:
— Como você me vê?

Ela me olhou com espanto.

— Quero dizer: como me descreveria?

— Você é muito francesa, muito *soft*, como se diz aqui. Muito idealista também. Falta-lhe defesa. É o seu único defeito.

— O único?

— É. Fora isso, você é viva, alegre, encantadora...

Era um tanto sumário como descrição. Repeti:

— Viva, alegre, encantadora...

Ela pareceu constrangida:

— Como você própria se vê?

— Como um pântano. Tudo está submerso na lama.

— Você vai se recuperar.

Não, e decerto isso é o pior. Percebo somente agora que estima, no fundo, eu tinha por mim. Mas todas as palavras, com as quais tentaria justificar essa estima, Maurice as assassinou. Renegou o código através do qual eu julgava os outros e me julgava. Nunca sonhei em contestá-lo, quer dizer, em me contestar. E agora, eu me pergunto: em nome do que preferir a vida interior à vida mundana, a contemplação às frivolidades, a dedicação à ambição? Não tinha outra ambição a não ser criar a felicidade à minha volta. Não fiz Maurice feliz. E minhas filhas não o são também. Então? Não sei mais nada. Não somente quem sou, mas como deveria ser. O preto e o branco se confundem, o mundo é um amálgama, e eu não tenho mais contorno. Como viver sem acreditar em nada, nem em mim mesma?

Lucienne está escandalizada por Nova York me interessar tão pouco. Antes, eu não saía muito de minha concha, mas quando saía me interessava por tudo: pelas paisagens, pelas pessoas, pelos museus, pelas ruas. Agora sou uma morta. Morta que tem ainda quantos anos para desfiar? Quando abro os olhos de manhã, já me parece impossível chegar ao fim do dia. Ontem, no banho, só levantar um braço já era problema: por que levantar um braço, por que pôr um pé adiante do outro? Quando estou sozinha, fico imóvel, durante minutos, na beira da calçada, inteiramente paralisada.

23 de março

Parto amanhã. À minha volta, a noite continua muito espessa. Telegrafei para pedir que Maurice não fosse a Orly. Não tenho coragem de afrontá-lo. Terá partido. Eu chego e ele terá partido.

24 de março

Colette e Jean-Pierre estavam me esperando. Jantei na casa deles. Acompanharam-me até aqui. A janela estava escura. Sempre estará escura. Subimos a escada, eles colocaram as malas na sala de estar. Não quis que Colette ficasse para dormir. É preciso que eu me habitue. Sentei-me diante da mesa. Estou sentada. E olho essas duas portas: o escritório de Maurice, nosso quarto. Fechadas. Uma porta fechada, qualquer coisa que espreita atrás. Ela não se abrirá se eu não me mexer. Não me mexer. Jamais. Parar o tempo e a vida. Mas eu sei que me mexerei. A porta se abrirá lentamente, e eu verei o que há atrás da porta. É o futuro. A porta do futuro vai se abrir. Lentamente. Implacavelmente. Estou no limiar. Só existem esta porta e o que espreita atrás dela. Tenho medo. E não posso pedir socorro a ninguém.

Tenho medo.

Conheça os títulos da Coleção Clássicos de Ouro

132 crônicas: cascos & carícias e outros escritos — Hilda Hilst
24 horas da vida de uma mulher — Stefan Zweig
A câmara clara: nota sobre a fotografia — Roland Barthes
A conquista da felicidade — Bertrand Russell
A força da idade — Simone de Beauvoir
A guerra dos mundos — H.G. Wells
A ingênua libertina — Colette
A mãe — Máximo Gorki
A mulher desiludida — Simone de Beauvoir
A náusea — Jean-Paul Sartre
A obra em negro — Marguerite Yourcenar
A riqueza das nações — Adam Smith
As belas imagens (e-book) — Simone de Beauvoir
As palavras — Jean-Paul Sartre
Como vejo o mundo — Albert Einstein
Contos — Anton Tchekhov
Contos de terror, de mistério e de morte — Edgar Allan Poe
Crepúsculo dos ídolos — Friedrich Nietzsche
Dez dias que abalaram o mundo — John Reed
Física em 12 lições — Richard P. Feynman
Grandes homens do meu tempo — Winston S. Churchill
História do pensamento ocidental — Bertrand Russell
Memórias de Adriano — Marguerite Yourcenar
Memórias de uma moça bem-comportada — Simone de Beauvoir
Memórias, sonhos, reflexões — Carl Gustav Jung
Meus últimos anos: os escritos da maturidade de um dos maiores gênios de todos os tempos — Albert Einstein
Moby Dick — Herman Melville
Mrs. Dalloway — Virginia Woolf
O amante da China do Norte — Marguerite Duras
O banqueiro anarquista e outros contos escolhidos — Fernando Pessoa
O deserto dos tártaros — Dino Buzzati
O eterno marido — Fiódor Dostoiévski
O Exército de Cavalaria — Isaac Bábel
O fantasma de Canterville e outros contos — Oscar Wilde
O filho do homem — François Mauriac
O imoralista — André Gide
O muro — Jean-Paul Sartre
O príncipe — Nicolau Maquiavel

O que é arte? — Leon Tolstói
O tambor — Günter Grass
Orgulho e preconceito — Jane Austen
Orlando — Virginia Woolf
Os mandarins — Simone de Beauvoir
Retrato do artista quando jovem — James Joyce
Um homem bom é difícil de encontrar e outras histórias — Flannery O'Connor
Uma fábula — William Faulkner
Uma morte muito suave (e-book) — Simone de Beauvoir

DIREÇÃO EDITORIAL
Daniele Cajueiro

EDITORA RESPONSÁVEL
Ana Carla Sousa

PRODUÇÃO EDITORIAL
Adriana Torres
Luisa Suassuna

REVISÃO
Sabrina Primo

CAPA
Victor Burton

DIAGRAMAÇÃO
Filigrana

Este livro foi impresso em 2025, pela Reproset, para a Nova Fronteira. O papel do miolo é Ivory Slim 65g/m² e o da capa é Cartão 250g/m².